国际大奖小说·成长版
德国青少年文学奖提名奖

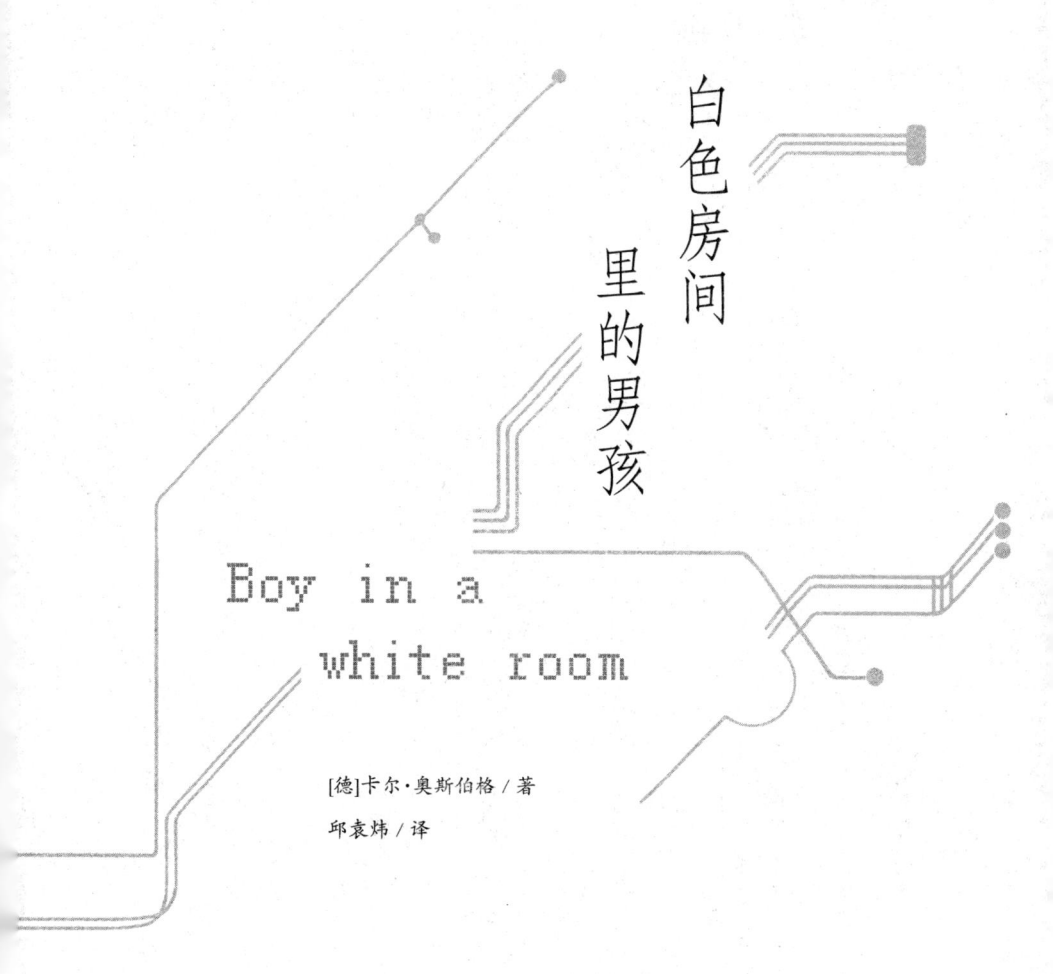

白色房间
里的男孩

Boy in a
white room

[德]卡尔·奥斯伯格 / 著
邱袁炜 / 译

天津出版传媒集团
新蕾出版社

图书在版编目（CIP）数据

白色房间里的男孩 / (德) 卡尔·奥斯伯格著；邱袁炜译. —— 天津：新蕾出版社，2021.1 (2021.7 重印)
(国际大奖小说：成长版)
ISBN 978-7-5307-7085-6

Ⅰ.①白… Ⅱ.①卡…②邱… Ⅲ.①儿童小说-长篇小说-德国-现代 Ⅳ.①I516.84

中国版本图书馆 CIP 数据核字(2020)第 190791 号

Title of the original German edition: Boy in a White Room
ⓒ 2017 Loewe Verlag GmbH, Bindlach
Simplified Chinese Language edition arranged with Loewe Verlag GmbH through Beijing Star Media
Simplified Chinese translation copyright ⓒ 2020 by New Buds Publishing House (Tianjin) Limited Company
ALL RIGHTS RESERVED
津图登字：02-2018-434

书　　名：白色房间里的男孩　BAISE FANGJIAN LI DE NANHAI
出版发行：天津出版传媒集团
　　　　　新蕾出版社
　　　　　http://www.newbuds.com.cn
地　　址：天津市和平区西康路 35 号(300051)
出 版 人：马玉秀
电　　话：总编办 (022)23332422
　　　　　发行部 (022)23332351　23332679
传　　真：(022)23332422
经　　销：全国新华书店
印　　刷：天津新华印务有限公司
开　　本：895mm×1370mm　1/32
字　　数：150 千字
印　　张：9
印　　数：40 001—60 000
版　　次：2021 年 1 月第 1 版　2021 年 7 月第 4 次印刷
定　　价：35.00 元

著作权所有，请勿擅用本书制作各类出版物，违者必究。
如发现印、装质量问题，影响阅读，请与本社发行部联系调换。
地址：天津市和平区西康路 35 号
电话：(022)23332677　邮编：300051

一辈子的书

梅子涵

◆亲近文学◆

　　一个希望优秀的人，是应该亲近文学的。亲近文学的方式当然就是阅读。阅读那些经典和杰作，在故事和语言间得到和世俗不一样的气息，优雅的心情和感觉在这同时也就滋生出来；还有很多的智慧和见解，是你在受教育的课堂上和别的书里难以如此生动和有趣地看见的。慢慢地，慢慢地，这阅读就使你有了格调，有了不平庸的眼睛。其实谁不知道，十有八九你是不可能成为一个文学家的，而是当了电脑工程师、建筑设计师……可是亲近文学怎么就是为了要成为文学家，成为一个写小说的人呢？文学是抚摸所有人的灵魂的，如果真有一种叫作"灵魂"的东西的话。文学是这样的一盏灯，只要你亲近过它，那么不管你是在怎样的境遇里，每天从事怎样的职业和怎样地操持，是设计房子还是打制家具，它都会无声无息地照亮你，使你可能为一个城市、一个家庭的房间又添置了经典，添置了可以供世代的人去欣赏和享受的美，而不是才过了几年，人们已经在说，哎哟，好难看哟！

　　谁会不想要这样的一盏灯呢？

◆阅读优秀◆

　　文学是很丰富的,各种各样。但是它又的确分成优秀和平庸。我们哪怕可以活上三百岁,有很充裕的时间,还是有理由只阅读优秀的,而拒绝平庸的。所以一代一代年长的人总是劝说年轻的人:"阅读经典!"这是他们的前人告诉他们的,他们也有了深切的体会,所以再来告诉他们的后代。

　　这是人类的生命关怀。

　　美国诗人惠特曼有一首诗:《有一个孩子向前走去》。诗里说:

　　　　有一个孩子每天向前走去,

　　　　他看见最初的东西,他就变成那东西,

　　　　那东西就变成了他的一部分……

　　如果是早开的紫丁香,那么它会变成这个孩子的一部分;如果是杂乱的野草,那么它也会变成这个孩子的一部分。

　　我们都想看见一个孩子一步步地走进经典里去,走进优秀。

　　优秀和经典的书,不是只有那些很久年代以前的才是,只是安徒生,只是托尔斯泰,只是鲁迅;当代也有不少。只不过是我们不知道,所以没有告诉你;你的父母不知道,所以没有告诉你;你的老师可能也不知道,所以也没有告诉你。我们都已经看见了这种"不知道"所造成的阅读的稀少了。我们很焦急,所以我们总是非常热心地对你们说,它们在哪里,是什么书名,在哪儿可以买到。我就好想为你们开一张大书单,可以供你们去寻找、得到。像英国作家斯蒂文生写的那个李利一样,每天快要天黑的时候,他就拿着提灯和梯子走过来,在每一家的门口,把街灯点亮。我们也想当一个点灯的人,让你们在光亮中可以看见,看见那一本本被奇特地写出来的书,夜晚梦见里面的故事,白天的时候也必然想起和流连。一个孩子一天天地向前走去,长大了,很有知识,很有技能,还善良和有诗意,语言斯文……

同样是长大,那会多么不一样!

◆自己的书◆

优秀的文学书,也有不同。有很多是写给成年人的,也有专门写给孩子和青少年的。专门为孩子和青少年写文学书,不是从古就有的,而是历史不长。可是已经写出来的足以称得上琳琅和灿烂了。它可以算作是这二三百年来我们的文学里最值得炫耀的事情之一,几乎任何一本统计世纪文学成就的大书里都不会忘记写上这一笔,而且写上一个个具体的灿烂书名。

它们是我们自己的书。合乎年纪,合乎趣味,快活地笑或是严肃地思考,都是立在敬重我们生命的角度,不假冒天真,也不故意深刻。

它们是长大的人一生忘记不了的书,长大以后,他们才知道,原来这样的书,这些书里的故事和美妙,在长大之后读的文学书里再难遇见,可是因为他们读过了,所以没有遗憾。他们会这样劝说:"读一读吧,要不会遗憾的。"

我们不要像安徒生写的那棵小枞树,老急着长大,老以为自己已经长大,不理睬照射它的那么温暖的太阳光和充分的新鲜空气,连飞翔过去的小鸟,和早晨与晚间飘过去的红云也一点儿都不感兴趣,老想着我长大了,我长大了。

"请你跟我们一道享受你的生活吧!"太阳光说。

"请你在自由中享受你新鲜的青春吧!"空气说。

"请你尽情地阅读属于你的年龄的文学书吧!"梅子涵说。

现在的这些"国际大奖小说"就是这样的书。

它们真是非常好,读完了,放进你自己的书架,你永远也不会抽离的。

很多年后,你当父亲、母亲了,你会对儿子、女儿说:"读一读它们,我的孩子!"

你还会当爷爷、奶奶、外公和外婆,你会对孙辈们说:"读一读它们吧,我都珍藏了一辈子了!"

一辈子的书。

献给 尼克

因此我要假定有某一个妖怪，而不是一个真正的上帝（他是至上的真理源泉），这个妖怪的狡诈和欺骗手段不亚于他本领的强大，他用尽了他的机智来骗我。我要认为天、空气、地、颜色、形状、声音以及我们所看到的一切外界事物都不过是他用来骗取我轻信的一些假象和骗局。我要把我自己看成是本来就没有手，没有眼睛，没有肉，没有血，什么感官都没有，而却错误地相信我有这些东西。我要坚决地保持这种想法；如果用这个办法我还认识不了什么真理，那么至少我有能力不去下判断。就是因为这个原故，我要小心从事，不去相信任何错误的东西，并且使我在精神上做好准备去对付这个大骗子的一切狡诈手段，让他永远没有可能强加给我任何东西，不管他多么强大，多么狡诈。[1]

勒内·笛卡儿

《第一哲学沉思集》

1641年

---

[1] 本段文字节选自《第一哲学沉思集》（商务印书馆2010年出版）第45页—第46页。

目录

Boy in a
white room

第一章 / 001
神秘房间

第二章 / 016
"沉睡"的少年

第三章 / 023
中土世界

第四章 / 031
越野车与无人机

第五章 / 041
展开调查

第六章 / 049
似曾相识

第七章 / 058
她是谁

第八章 / 068
谎言与恐惧

第九章 / 075
面对"真相"

第十章 / 085
重返中土世界

第十一章 / 092
精灵与半兽人

第十二章 / 098
超级人工智能

第十三章 / 110
合伙人

第十四章 / 119
字母与涂鸦

第十五章 / 128
另一番"事实"

第十六章 / 140
秘密谋划

第十七章 / 150
潜入

第十八章 / 158
斗智斗勇

第十九章 / 166
逃离

第二十章 / 174
追逐

第二十一章 / 183
新的住所

第二十二章 / 190
一本旧书

第二十三章 / 201
"把眼睛睁开！"

第二十四章 / 207
不该出现的句子

第二十五章 / 214
再次逃离

第二十六章 / 219
字母与纸牌

第二十七章 / 232
重回白色房间

第二十八章 / 236
"泰坦巨人"

第二十九章 / 251
第二百一十二个

第三十章 / 260
最后的提问

第三十一章 / 267
我是谁

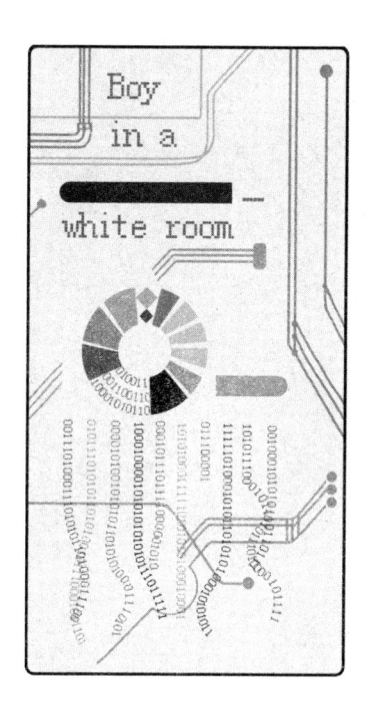

Boy in a white room

第一章
神 秘 房 间

我在哪儿？

一个四四方方的白色房间。没有光源。墙看上去却发着亮光，通过墙脚微暗的棱线能辨识出它们的边界。没有门窗，没有家具，墙上没有画。判断不出这个房间外面有什么，也不知道我是怎么来到这里的。一丝声音都没有。

我是谁？

我的记忆里面，一个名字都没有，也没有自己的形象，只有概念。我知道什么是立方体，什么是树，什么是电脑，只是感觉这些东西都和我无关。我和它们没有任何交集。我完全不知道自己脑袋里这些丰富的概念从何而来。我记不起任何东西。

我惊讶地盯着自己的双手。它们看上去好像戴着一副薄薄的白色塑胶手套。手套把我的指纹都盖住了。我穿着一条白色的背带工装裤，材质看上去很光滑。我试着去触摸我的身体，但什么也感觉不到——无论是我的手指，还是被碰到的身体。即使用力击打，我也没有任何疼痛的感觉。我没有触觉，也闻不到任何气味。

我慢慢地走到一面墙前，伸出手去触摸它光滑的墙面，但是感觉不到任何东西。墙面没有任何触感。我在墙面上摸来摸去，想要找到隐藏起来的开关，或者裂缝，或者随便什么都行，只要能让我出去。只是我什么也没找到。没有出路。

心中的不安慢慢多了起来。到底怎么回事？谁把我关在了这里？究竟为什么？是我做错了什么吗？我什么都记不起来。我的心一定在狂跳，可我什么也感觉不到。我到底是怎么了？

我试着往墙上撞去，结果依然没有感觉，也听不见声音。就像我这个人并不存在一样。

也许是我在做梦？如果这真的是一个梦，那它也真实得太可怕了。寂静压迫着我。世界似乎只剩下这个房间，除此之外没有任何东西存在。这是一个可怕的想法。

"嘿！让我出去！"我大声地吼起来。或者更准确地说，我想要大声吼叫，但是只能发出一种罕见的、不成调的声音，就像是电脑发出来的。

"我听不懂这条指令。"房间里响起一个女人的声音。她的语调跟我的一样不自然。听起来这声音似乎是从四面八方同时传来的。我转过头四处张望——一半是期待，一半是害怕——希望有人能像变魔术般地出现在这个房间，希望能找到一个出口，让我有一条出路。然而,只有我独自一人而已。

"你说什么?"我问道。

"我听不懂这个问题。"

"你……你是谁?"

"我叫爱丽丝①。"那个声音回答,"这个名字是'先进的语言解读咨询扩展②'的首字母缩写。"

"我在哪儿?"

"关于你更详细的逗留地点和状况,我未被授权,无法告知。"

"那我是谁?"

"你就是那个病人。"

"病人"这个词唤起了我一丝想象:"那我是在医院吗?"

"关于你更详细的逗留地点和状况,我未被授权,无法告知。"

"那你到底有权说什么呢?这一切究竟是怎么回事?为什么我会在这里?"

"我在这里是为了帮助你适应新的环境。"

我完全无法理解这一切!这是一个恶意的玩笑吗?一个科学实验?或者是一种新的疗法?也许我根本就不在一家常见的医院,而是在一家心理诊所。他们可能给我注射了药物,把我的记忆封存起

---

① 英文为"Alice"。
② 英文为"Advanced Language Interpretation Counseling Extension"。

来，麻痹了我的感官，让我语不成调。不管我是怎么来到这里的，我现在都想要从这儿出去，我必须从这儿出去！

"求求你，让我从这儿出去吧！"

"我听不懂这条指令。如果想要了解我的基本功能，请说'帮助'。"

"帮助。"

"欢迎。我的名字叫爱丽丝，爱丽丝是'先进的语言解读咨询扩展'的首字母缩写，它是以解读自然语言为基础的一种先进的帮助扩展系统。我在这里是为了帮助你适应新的环境。为此，你可以给我下达简单的指令或者进行提问。下面这些词组是我可以理解的——'给我看''是什么''在哪儿''打开'和'关闭'。"

"打开门。"

"我听不懂这条指令。"

"房间外面是什么？"

"我听不懂这个问题。"

"该死！你就干脆地告诉我，我到底怎么了？"

"我听不懂这条指令。如果想要了解我的基本功能，请说'帮助'。"

这种挫败感让我一拳打在墙上。但是，我却什么也感觉不到，这让挫败感更强烈了。

"帮助！"我绝望地喊着，从我嘴里发出的还是中性的、不成调的声音,这让那个"她"又重复了一遍刚才那句标准的帮助文本:"如果想要了解我的基本功能,请说'帮助'。"

我手足无措,像一头笼中困兽,在这个"监狱"里走来走去。我感觉,随着时间的推移,这个"监狱"变得越来越小,相对的两面墙之间的距离越来越窄。我用脚步来丈量这个房间的大小——从这头儿走到那头儿一共是五步——我试了很多次,这个距离并没有发生变化,但是,那种压迫感依然存在。我的活动空间越来越小了,氧气也越来越少。

我绝对不能丧失理智。如果要知道到底发生了什么,我必须振作起来,集中精神,要有计划地行动。深呼吸!但是,当我凝神吸气的时候,我完全感觉不到自己的肺。我无法呼吸!有一瞬间,我只觉得天旋地转,担心要晕过去。还好,并没有。

不管我现在在哪里,平静下来!好在看上去这里并没有什么直接的危险。这一切一定是有原因的。这个念头让我鼓起了勇气。

"我是怎么到这里来的?"我向那个电脑般的声音提问道。

"我听不懂这个问题。"

"这个房间是什么?"

"这个房间是由电脑模拟而成的,即所谓虚拟世界。"

当然是的。为什么我没有马上想到这一点呢?虚拟世界对我来说再熟悉不过了。这些电脑游戏的名字瞬间涌入我的脑海:《我的世界》《魔兽世界》《英雄联盟》《团队防卫》《刺客信条》……即使我想不起来所有的细节，我可能也曾与它们一起度过了很长时间。

也许有人给我戴上了一副新的 3D 眼镜，还给我服用了药物，让我忘记自己是谁、身在何处。但到底是谁会这么做？又是为什么呢？

我按了按我的脸，我的双手没有任何感觉。当我转头时，我能看见房间的另一侧。我可以来回走动，甚至可以原地跳起来。做这些动作时，我都感觉不到眼前的画面有任何明显的变形和延迟。我也看不到任何像素。如果真的是戴了一副 3D 眼镜，那它的功能一定非常强大。

"这是一个电脑游戏吗？"

"电脑游戏是一种电脑程序，它能让一个或多个用户交互性地进行同一个写定规则的游戏。对此，你还想知道更多吗？"

我不知道是谁想出的主意，把这个愚蠢的程序说成是"先进的"。"我在玩电脑游戏吗？"我又问道。

"关于你更详细的逗留地点和状况，我未被授权，无法告知。"

如果我真的身处一个电脑游戏之中，那我的任务就是离开这个房间，但是怎么才能做到呢？看上去这儿没有别的开门机关，与爱丽丝交谈似乎成了唯一的途径。也许我必须找到一个能打开暗门的密码。

我尝试着单刀直入："告诉我密码。"

"我听不懂这条指令。"

我没有接着往下问。我能给爱丽丝下达的指令有哪些来着？对,"给我看""打开""关闭"。

我说:"给我看大象。"

看来运气还不错,爱丽丝出人意料地理解了这条指令。墙上出现了关于大象的一些视频,视频呈网格状排列,共四行三列。很明显,这些视频中的大部分来自动物园大象围栏上的网络摄像头。我可以清楚地看到像素结构和低带宽网络视频传输所特有的纹影。我试着用食指点了其中一段视频,它立刻放大成了几乎整面墙那么大,其他视频随之缩小并被推向了底部。

视频的顶部显示出了地址——被拍摄的大象来自荷兰的一家动物园——和时间:2020年4月27日10:15。其他一些视频上也显示了地址和时间,通过它们我可以断定,这些视频是实时的。现在我仍然不知道自己身在何处,但至少我知道了日期,看上去对我能有些帮助。

我似乎连上了互联网。在这个前提下,爱丽丝提到的另外两个指令就有了新的意义。

"打开'谷歌'!"

大象的视频消失了,墙壁又恢复成一片白色,上面显示出一个搜索引擎的页面。我点了一下输入框,光标开始闪烁。显而易见,墙壁是一块大型触摸屏。但是,并没有可以用来输入文字的虚拟键盘。

"大象。"我大声说。"大象"这个词立即出现在了输入框内。当我触摸"谷歌搜索"的按钮后,墙上不出所料地出现了显示搜索结果的列表,当中包含了大象的图片和该物种的相关信息。

我在一个有触摸屏的虚拟房间里,通过触摸屏我可以连入互联网。这一切到底有何意义?为什么我知道该如何使用"谷歌",却怎么也想不起来曾经用过这个搜索引擎呢?

"打开'谷歌地球'。"

墙上出现了卫星图像。一条暗色的河流从左上方穿过一片灰绿的背景,流至右下方。在图像中心,河水被一片洋葱形状的土地分成两条支流,不久后又汇合在一起。临近河流的图像呈现出像素般的灰色,好像被人撒了尘土一般。即使图像中间没有白色的文字,我也能认出这是什么地方——虽然我不知道为什么。

"谷歌地球"通过用户的 IP[①] 地址确定其所在的位置,并以此调整卫星图像的显示区域。这些信息都出现在我的脑子里,我却说不出它们到底是怎么来的。但是这些信息非常有用,因为它们可以帮助我更准确地判断此刻所在的位置。

"我是在汉堡吗?"我想知道。

"关于你更详细的逗留地点和状况,我未被授权,无法告知。"爱丽丝又一次冷冰冰地回答道。

---

① "IP"即"Internet Protocal",意为"网络互连协议"。

"给我看汉堡。"我向爱丽丝下达指令。

地图和搜索页面消失了,取而代之的是几十个网络摄像头拍摄的画面。它们都显示着这座城市的景象:带喷泉的阿尔斯特内湖、码头栈桥、汉堡港、易北爱乐音乐厅、中央火车站、机场和一些我一眼看上去叫不出名的街道。画面中,汽车穿梭,人来人往。我多希望自己也是他们中的一员,出现在摄像头的拍摄范围内,而不是在一个虚拟的白色房间里看着这些无法触及的现实。

我是谁?我在哪儿?我为什么在这儿?这些问题每分每秒都在煎熬着我。

也许有的画面能唤醒我的记忆?确实,我认出了很多有名的建筑和地点,但是我感觉这是因为我看过一部有关汉堡的电影,而并非亲自到过那里。

有一个画面吸引了我的注意。画面本身没有什么特别之处——一条位于公园边上的自行车道——但是对于网络摄像头来说,它的拍摄视角并不常见。拍摄高度大体与人眼齐平,所摄图像左右摆动,沿路向前,掠过树木、行人和停着的汽车,似乎摄像头是被一个醉酒的摄影师举着。画面的右上角显示着一个互联网服务的标志:眼流[①]。

[①] 英文为"Eyestream",由"eye"(眼睛)与"stream"(溪流)两个词组成,直译为"眼流"。

镜头忽然朝下,我认出那是一块滑板的前端,正停在自行车道上。这个摄像头一定是绑在了这位滑板者的头上。

"爱丽丝,打开'眼流'!"

网络摄像头拍摄的画面换成了一个设计简洁的网页,网页上显示着一些视频,从视角来说,跟刚才那位滑板者的拍摄画面类似,但是移动速度要慢许多。很显然,这些视频都是由行人拍摄的。画面的下方标注着行人的名字和所在地:卡罗尔,阿姆斯特丹;约尔根,特朗德海姆;拉尔夫,比萨;玛里亚,雷根斯堡。

网页的顶部有一句介绍眼流的简短文字:直播你所见,和世界分享你的生活。当然,这基于自愿和对个人信息的严格保护。目前,开通这一服务的已有三十万会员,但此刻仅有一千多个摄像头处于开启状态。我刚才看到的滑板者的视频就是其中之一。

我在网页的搜索框内输入"汉堡",看到了另外四个视频直播画面。当我要点开最上面那个直播画面观看时,网页要求我先注册。行吧。用户名?我不知道我是谁。我输入了"白色房间里的男孩①"。我的电子邮箱地址?我记不起来了。于是我打开"谷歌"新注册了一个:boyinawhiteroom@gmail.com。

当我完成注册后,整面墙上就出现了刚才我选择的直播画面。它来自一个二十一岁的大学生,名叫米克。此刻,他正沿着蒙克贝

---

① 英文为"boy in a white room"。

格街往市政厅广场的方向走去。通过录制设备上的麦克风,我能隐约听见街道上来往车辆的嘈杂声,此外,似乎还有一个街头艺人在演奏。

当我想点开下一个直播画面的时候,我听到了十分尖锐的响声。米克循声转头。我看见一位衣衫褴褛的老人和一条虚弱的老狗坐在一栋房子门口。老人的面前站着两个穿皮夹克的年轻人。我听不懂他们说的话,但是很明显,他们在辱骂和折磨那位老人。

老人用双手护住了头。这时我才意识到,画面停住了。米克站住了,在看着这一幕。画面四周开始有人聚集。看上去这些人只是在围观,没有人伸手去帮助一下那位受折磨的老人。

"做点什么呀!"我大声喊道。

"我听不懂这条指令。"爱丽丝回答。

"爱丽丝,报警!"

"我听不懂这条指令。"

这时,其中一个年轻人骂骂咧咧地拿起啤酒瓶,砸向了那位流浪的老人。老人的瘦狗一跃而起,扑向袭击者的手臂。那个施暴的年轻人疼得大叫起来,踉跄着后退了几步。那条瘦狗紧咬住他的皮夹克不松口。另一个年轻人见状,抄起一把折叠刀,从狗的腹部狠狠地扎了进去。血顿时喷了出来。

没有人出手帮忙。所有人都在那儿站着看热闹。

我必须做点什么,做点什么都行!

眼流有聊天儿功能,可以向主播发送消息。但为时已晚:老人伏在他死去的瘦狗身上抽泣着,袭击者逃之夭夭,看热闹的人四散走开。米克也转身继续往前走去。我听见他的声音:"天哪,你们都看见了吗?刚刚有人暴揍了一个流浪汉,还杀了他的狗。我敢打赌,我现在是本月主播之星的热门候选人了。那么,动动手指,给我投票吧!"

我恶心得想吐。"打电话报警,你这个浑蛋!"我在聊天儿窗口里输入文字。

米克没有任何回复。我只觉得恶心,让爱丽丝关了眼流的网页。

墙又恢复成了白色,我呆呆地盯着它看了一会儿。我感觉恶心。我不确定这种恶心是因为镜头总是晃动,还是因为刚刚跟大家一起看到了血腥的场景,或者是因为我感到无助。我不再盯着墙看,开始像困兽一样来回走动——不安、无助、沮丧——直到我再次有了一个清晰的念头。

我到底知道什么?我身处一个没有出口的虚拟房间里,失去了记忆,也感觉不到自己的身体。我可以通过千万双眼睛观看外面的世界,可如果我不知道该看向哪里,这一切都毫无意义。剩下的只有爱丽丝,这个自以为是的人工智能程序。它可能是我破解谜团最好的切入点。

"打开'谷歌'!"

我点击输入框,输入"爱丽丝",搜索结果大多指向刘易斯·卡罗尔的小说《爱丽丝漫游奇境》。我虽然想不起来是否读过这本书,脑子里却知道它的内容。除此之外,在第一页的搜索结果上还显示有一家移动通信运营商、一位女歌手和一位女权主义者的信息,她们都叫爱丽丝。搜索结果里没有任何信息指向一个叫"爱丽丝"的程序,或许是因为搜索的关键词是缩写吧。

我随后输入了"先进的语言解读咨询扩展"。

"谷歌"的搜索结果不是和"先进的咨询"有关,就是和"语言解读"有关,没有一个结果指向一个能理解简单语言指令的程序。这条路也许走不通了。

我又试了试搜索"人工智能 汉堡"。

第一条搜索结果显示的是一家名为"迈克诺网络技术公司"的网页,这家公司的主营业务是数据挖掘相关算法的研发。在迈克诺公司的网页上,我没找到任何线索能证明它就是爱丽丝的开发者。但是这也说明不了什么。

"迈克诺公司是一家什么公司?"我问爱丽丝。

"迈克诺公司是一家借助人工神经网络技术来进行大型数据分析和处理的公司,是该领域的领头羊。"爱丽丝热情地回答道,"以下这些国际知名大公司都是迈克诺公司的服务对象——飞利浦、西门子、德国电信、德国商业银行、德国健康保险公司、宝马、瑞典大瀑布电力公司等——我们可以帮您在浩如烟海的数据中大海

013

捞针！"

这就有意思了：爱丽丝对别的东西了解不多，但是对迈克诺公司却十分了解。看来这家公司的网页是值得再仔细看一看的。

乍看之下，我没有发现什么引起我兴趣的内容：既没有与爱丽丝类似的程序，也没有与模拟器或虚拟世界相关的信息。这家公司设计的算法可以根据模型和关联性来搜索和分析数据，从而对消费者行为做出更准确的预测，也就是所谓"数据挖掘"。我在"谷歌"里搜索"迈克诺公司"，找到了一篇2013年发表的文章，里面报道了亿万富豪亨宁·雅斯佩斯以千万资金入股该公司的新闻。

这个名字听上去有些熟悉，仿佛在哪里听过。但我和这个名字之间似乎没有任何特殊的联系，我对此也没有什么回忆可言。相反，"谷歌"和"维基百科"都显示出与亨宁·雅斯佩斯有关的大量信息，他和搭档马腾·拉法伊一起创办了以塔防游戏闻名世界的暗星游戏工作室。也许我就是因此听说过这个名字。

接着，我找到了一篇八个月前的报道：

汉堡富豪之妻遭遇入室枪杀

汉堡。周日晚间，互联网企业巨头亨宁·雅斯佩斯的别墅遭不明身份者闯入，其妻玛利亚·亨宁遭枪杀。亨宁·雅斯佩斯十五岁的儿子曼努埃尔受重伤，目前仍未脱离生命危险，已被送往一家特殊诊所诊治。据办案刑警透露，犯罪嫌疑人试图绑架该男孩，其母发

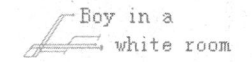

现后曾试图用防狼喷雾驱赶嫌疑人未果,反遭其枪杀。目前关于犯罪嫌疑人并没有更进一步的消息,据推测,嫌疑人至少有两名。亨宁家族律师表示,亨宁对此事不会公开发表任何看法,为了能让这一惨案早日真相大白,他将全力支持警方的调查行动。警方欢迎广大市民提供一切有价值的线索。

文末还配了一幅豪华别墅的照片,里面的人我并不认识。我点击并放大了照片。我曾经去过那里吗?我想不起来。

"谁是亨宁·雅斯佩斯?"我问。

"亨宁·雅斯佩斯是你的父亲。"爱丽丝答道。

第二章
"沉睡"的少年

我没给出任何指令,浏览器就自行关闭了。四周的墙面又变成了白色,墙上出现了一个翻转的沙漏。当沙漏消失的时候,我忽然置身于一个类似图书馆的空间。图书馆的场景不是被简单地投映在白色房间的墙上。这里看起来完全是一个真实的三维空间,我像是被传送到了这里。

发生了什么?我四处张望。高大的书架环绕在四周,透过窗户,我能清晰地看见一座大花园。房间显眼的位置摆着一张现代的深色木质办公桌。角落里放着两把皮质沙发椅。有一扇门通向房间外面。

我试着往前迈了一步。在这里,我行动自如。但是我的手——和身体的其他部位一样——仍然是虚拟的投影。我徒劳地尝试着从书架上取下一本书。

即便一直说着"这里",我却并不真的在这里。

伴随着轻微的嘎吱声,门开了,一个男人走了进来。他大约五十岁,头发灰白稀疏,高高的鼻梁上架着一副眼镜。虽然他的肌肤非常细腻,但我仍然立刻意识到,他也只是一个虚拟的形象。

"曼努埃尔!"他的声音听起来很快乐,但是他虚拟的面孔上只表现出一个浅浅的、不真实的微笑。他向我走过来,想要拥抱我。但是当他意识到在虚拟世界里这么做毫无意义时,他站住了。"你好吗?"

曼努埃尔。这个名字听上去有些熟悉,但是并没有"是我的名字"那种熟悉感。

"您是谁?"我问。

他的脸上没有表情。"你还是什么都记不起来吗?"跟我和爱丽丝的声音不同,他的声音听上去很自然,我能从中听出失望的情绪。他是一个真人。

"记不起来。"我回答。

"这正是我所担心的。"他有些沮丧地说,"对不起,我的儿子。我们已经竭尽所能想要保留住你的记忆,但是你的大脑对植入物一再出现防御性反应。"

这听上去可不妙。"什么样的植入物?"

"很多……既然你现在到了这里,那你已经搞明白自己是谁了吧?"

"爱丽丝说了,我是亿万富豪亨宁·雅斯佩斯的儿子。我猜您就

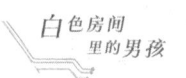

是这位亨宁吧。"

他沉默地盯着我。我渐渐意识到,我可能伤害到他了。看了一会儿,他用不带感情的声音说道:"是的,我是。你是我的儿子,曼努埃尔,即使你什么都记不起来了。虽然对你来说我像个陌生人,但是对我来说,你是唯一重要的人。"他停了一小会儿,像是在考虑措辞:"那些畜生夺走了你妈妈的生命,毁了你的人生。他们会为此付出代价的!"

"网上的新闻是真的吗?入室者枪杀了……我母亲?"

"当然是真的。不然你觉得我为什么只能在这个虚拟的世界里跟你交谈,而不是在现实中把你抱住?"

"我不懂。我在哪儿?到底发生了什么事?"

"让我来告诉你。"他说着比了一个手势。

紧接着,我发现自己不在图书馆了,而是到了一个墙壁被刷成白色的房间。房间铺着油毡地板,墙边的架子上装满了闪烁的电子设备,中间是一张病床。病床上躺着一个少年,一束很粗的电线从架子上一直连到他的头上。这个少年看起来大约十五岁,头上罩着一个用细细的金属线编成的网罩,深色的鬈发从网罩的缝隙里伸展出来。他双眼紧闭,表情放松,仿佛睡得正沉。

我沉默地注视着这个静止不动的身躯,慢慢地俯身靠近他:"这……这就是我吗?"

那个自称是我父亲的男人点点头:"子弹击中了你的脖子。你的脊柱被打碎了。骨头碎片飞进了你的脑干。你还活着,已经是一个奇迹了。

是这样吗?这真的是我吗?这看起来很不真实,但是也许我之前也从来没有从这样的视角观察过自己。

"那些电线直接连通我的大脑吗?"这是一个多么令人毛骨悚然的想法!

"是的,你的思维跟你的身体已经完全分开了。你的视觉和听觉神经信号甚至已经无法到达大脑,只有供血系统还在正常运转。医生们都说,你的状况就跟植物人差不多。但是当我们对你的大脑进行研究时,发现它仍然处于活跃状态。我们花了一段时间,成功地解码了最重要的神经信号,借此来控制你的虚拟形象。其中最难的部分是解读你的语言中枢发出的信号,但是如你所见,我们也成功了。你的声音是电脑合成的,但是使用的语言是你自己的。就好像你被困在一座黑暗的监狱里,但是我们使用科技手段把你从中解救出来了。"

我在虚拟的病房里望来望去。"自由"对我来说似乎拥有了不同的含义。

"我还能使用自己的身体吗?"

他犹豫了。我听得出来,他是哽咽着回答我的:"不能。不能了,我的儿子,这不可能了。我多希望能给你一个不同的回答。"

"我知道了。"我真的就这样了吗?我感到十分震惊。我真的永远被困在这个虚拟世界中了吗?也许令大脑产生防御性反应的并不是这些植入物,而是这个可怕的事实,所以我才会选择失忆。

"来,我给你看些东西。"他挥了挥手,病房消失了。我来到了一个阁楼里。书桌上放了一台电脑,书桌旁边是一个摆满了书的书架,房间里还有一个衣柜和一张床。床边贴着摇滚乐队的海报,乐队的名字我很熟悉,但是耳边却未响起他们的音乐。床头的上方贴着一张《指环王》的电影海报:佛罗多倚靠在埃尔隆德的宫殿栏杆上望向童话般的裂谷。再往上是一张带签名的汉堡足球队的球员合照——显然我曾是一个球迷。地板上有一把网球拍和一个书包,书包里装着中学课本。一切都很真实,却又令我感到陌生。

"这是你的房间。"他解释道,"我们完全按照原样将它模拟出来,就跟……"他停住了。过了一小会儿,他问:"你想起什么了吗?"

我并不觉得自己曾经来过这里。这些东西对我来说没有任何意义。我能说出海报上球员的名字,但我说不出自己是不是真的曾经踢过球。我知道埃尔隆德和佛罗多是谁,也知道那部电影的情节,但是我不知道是什么时候、在哪儿看的电影了。突然,我产生了一种感觉,我眼前所见是无价之宝——无法触及的珍宝——我以前的生活。

我回答:"不知道。"这样他就不会察觉到我的绝望。

"也许会记起来的。"但是听起来他并没有抱什么希望,"对了,我还有一个惊喜给你。生活在虚拟世界里,总归还是有一些好处的。"

他触摸了一下《指环王》的海报,下一秒,我就站在了一道围成半圆形的栏杆旁。栏杆是用浅色的木头精心雕刻而成的。放眼望去,远处是树木繁茂的山谷,一道道瀑布从陡峭的悬崖上倾泻而下。其中一道瀑布之上横跨着一座拱桥,阳光在拱桥后的水雾中画出一道彩虹。

"哇!"我不禁发出一声赞叹。

"你喜欢吗?"当我转身面向他时,我发现他的外貌变了。他现在穿着一身长袍,长发及肩,脸看上去年轻了许多,眼镜也消失了。最明显的变化是他长了一对尖耳朵。

"我们从彼得·杰克逊[1]那儿要来了《指环王》系列动画制作和场景构建的全部原始数据。"他骄傲地解释道,"我们还要把这些数据进行扩展,以保证在每个虚拟房间都能使用。"

"这一切……真的是你专门为我做的?"

他的"精灵脸"上没有透露出一丝情绪变化:"我希望你能在这儿过得舒服。《指环王》一直是你最爱的书。"

"这一切都太棒了。只是有一点我不明白,为什么我醒来的时候会在那个白色房间里?为什么没有人跟我说话?为什么我得自己想方设法地找出这个问题的答案——我是谁?"

---

[1] 彼得·杰克逊,导演、编剧、制作人,曾执导《指环王》系列电影。

"你的处境很艰难,曼努埃尔。没有人比我更了解这一点。为了让你能够尽量和缓地接近真相,应该让你在一定程度上把命运掌握在自己手里。我没有直接告诉你到底发生了什么,而是给了你一个独自探索的机会。我没想到你这么快就成功了。我希望这能传递给你一个信号——你的处境并非毫无希望可言。"

我想要冲他大喊,但是我的声音是合成的,听上去仍然没有情感:"把命运掌握在自己手里?这和这座精灵宫殿一样,不过是幻觉罢了!"

"你不能这么看。"他反驳我,"很多跟你一样大的年轻人愿意不惜一切代价来到这里,来体验这个梦幻的世界,就跟你现在一样。"

"那我愿意付出一切,同他们交换!"

"我懂,曼努埃尔。但目前来看还做不到。"他把一只手搭在我的肩上,可是我感觉不到,"我们为什么不去散个步,去看看这个世界呢?你能看到,我的团队打造的这个世界有多么完美!"

第三章
中 土 世 界

　　从感觉上来说,埃尔隆德的宫殿比投影在白色房间墙上的汉堡市场景图片真实得多。宫殿的房间里装饰着精美的雕刻和壁画,相比之下,家具就显得少了些。穿着朴素的长袍的精灵冲我们鞠个躬便又匆匆走远,好像他们要去执行什么紧急任务。

　　"我猜这些都是非玩家角色①吧?"

　　"看来,你掌握的电脑知识并没有全都忘记。这并不奇怪,以前你每天都要花好几个小时打游戏。你妈妈并不支持你这样,可是我们又能做些什么呢?后来我开了一家游戏公司。我来回答你刚才的问题吧,是的,这些都是电脑控制的人物。"

　　"嘿,你。"我叫住一个刚踏出门的漂亮女精灵。

　　"是,主人。"

---

①即"NPC",指游戏中不受玩家操纵的游戏角色。

"三十六的平方根是多少？"

"对不起，主人，我只是一个小女仆，听不懂您说的这些。"女精灵的语调听起来跟爱丽丝一样不自然。

"你多大了？"

"对不起，主人，我只是一个小女仆，听不懂您说的这些。"

"她们可不太聪明。"我评价道。

"我们当然不可能为每个角色配备高级人工智能，那样做就超出预算了。"这个男人说。虽然我知道他一定是我的父亲，但他对我来说仍然像一个陌生人。"有个人我要介绍给你认识。她是一个实验品，还处在测试阶段，但是我们已经对她的能力感到非常自豪了。"他把一个精灵仆人招呼过来，"把阿兰迪尔给我们带过来。"

"是，主人。"这个精灵仆人走进旁边的一间屋子，不一会儿就带着一位身穿橄榄绿裙子的女精灵回来了。乍一看，她和其他非玩家角色没什么区别，只是她的面部细节更丰富，虽然看上去不完美，但反而显得更为真实。她对着我们鞠了一躬。

"主人，您召唤我？"

"这位是曼努埃尔，来我们这里做客。"

"很高兴认识您，曼努埃尔。"阿兰迪尔的声音也是人工合成的，但同其他角色相比，她的语调要自然得多。

"三十六的平方根是多少？"我问。

"对不起，主人，我只是一个小女仆，听不懂您说的这些。"

我有些失望，不过我父亲说："阿兰迪尔在数学方面可能懂的不多，但她是一位聪明的治疗师，而且她非常了解精灵的历史。"

这并没有超出我的想象。编写一个活动的"托尔金①辞典"并不是一件特别难的事情，背诵那些药膏、药水的配方也不难。我在想，如何才能让她展示出她所谓的能力。我发现茶几上摆着一个小花瓶，花瓶上描绘的画面看上去像一部幻想小说的封面。

我把花瓶偷偷拿在手里。虽然我感觉不到它的重量，但是毫无疑问，它可以像一个真实的物件一样随身携带。我打开一个小房间的门，这个房间可能是某个精灵的卧室。我把花瓶放在房间的地板上，然后又回到父亲身边。

"那扇门后面有什么？"我问阿兰迪尔。

她看了我一会儿，好像没听明白问题似的。我正想把问题重复一遍，她说话了："您是说戈尔弗伦的房间吗？"

"也许是吧。那房间里有什么？"

"这是什么游戏吗？"阿兰迪尔反问道。这听上去总算不像是一个典型的程序预设的答案了。

"是的。"

她闭上了眼睛，似乎需要集中精神回忆。"那个房间里有一张床、一张桌子、两把椅子、一个洗手盆、两个银烛台、一个饰有木雕

---

① 托尔金，英国作家，以创作奇幻作品《霍比特人》《指环王》等闻名。

的箱子和一个您刚才放在那儿的花瓶。"

虽然我不是很了解电脑程序是如何运作的,但是她的回答令我很惊讶。我并没有期望阿兰迪尔这样的人造人能对这座宫殿里的东西有什么详细的了解,也没指望她能通过我的行为进行准确的推断。

"我想,你们俩以后会更加了解对方的。"我父亲说,"曼努埃尔,我还想给你看一些别的。"

"主人,如果您允许的话,我回去工作了。"阿兰迪尔微微鞠躬,"很高兴认识您,曼努埃尔。我能把花瓶放回原来的地方了吗?"

"当……当然可以。"我有些惊讶地答道,然后看着她把花瓶从房间里拿出来,重新放到茶几上,随后微笑着向我道别,走进另一个房间。"她确实很棒!"

"很棒,不是吗?"我父亲也这么认为。

"她真的能……思考吗?她有意识吗?"

"这个问题很难回答。到底什么是智能,什么是意识?哲学家、心理学家、神经学家和信息学家对此未曾达成共识。我已经放弃去思考这个问题了。阿兰迪尔在大多数情况下都表现得像是能够思考一样,这对我来说就够了。来,还有别的东西要给你看。"

他带我沿着盘旋的楼梯来到一个房间,里面只放了一张很大的桌子,上面铺着一幅巨大的地图。虽然地图上的地点是用我不认识的精灵文字标记的,但是我一眼就认出了上面表示阴影山脉的典型矩形,它的后面就藏着暗黑帝国——魔多。

"你想先看哪里？"我父亲问。

"是不是说这个虚拟空间中不仅有瑞文戴尔,还包括了整个中土世界？"

"没错。夏尔郡、黑森林、洛汗国、刚铎、墨瑞亚矿坑——书中的所有场景都有。虽然有些部分我们还没有完工,但是已经有非常广阔的空间等着你去探索了。我把暗星工作室差不多一半的程序员、画师和设计师都派来做这项工作了,此外还请了两位曾经参与制作《霍比特人》系列电影的电脑绘画专家。"

我凝视着地图,观察着这些奇幻的地点。虽然记不起来什么,但我有种感觉：我难道不是一直梦想着能有机会亲眼看一看它们吗？现在,我真的获得了这样的机会,却开始犯难,不知道从哪儿开始才好。也许最简单的选择就是从故事的开头看起。

"去霍比屯吧。"

"听你的。"

我还期待着我们能直接被传送到霍比屯,没想到父亲要我跟着他走。我们沿着走廊往前,登上一段很陡的螺旋楼梯,来到一个类似露台的地方。这里应该是这座宫殿较高的地方了。从这里能完整地欣赏到整片建筑群,它们与整个裂谷浑然一体,就像直接从岩石中生长出来的一样。

"我们来这里干吗？"我问。

"我最初的设想是,你可以借助魔力穿梭于不同的地点。"他解释道,"但是设计团队认为这样不好。如果要让这个世界跟现实一样,你也得像在现实中一样行动受限。即使是甘道夫,也不能简单地从这里的一个地方被即时传送到另一个地方。但我又觉得,如果你要花费好几天才能从一个地方移动到另一个地方,你一定会觉得很无聊。最终,我们达成了一种妥协,就是这样。"

他从长袍里拿出一支笛子,吹奏出一小段旋律。旋律很快得到了回应:从很远的地方传来了明显的、尖厉的叫声。不一会儿,视线上方出现了两个黑色的剪影,它们在迅速靠近我们,原来是两只巨大的老鹰。它们用力扇动着翅膀,降落在露台上。

虽然感觉不到,但是我能看到气流弄乱了我父亲的头发,吹起了他长袍的下摆。他爬上了其中一只老鹰的背,我也爬到了另一只的背上。老鹰拍打着翅膀起飞,盘旋向上,就像被看不见的风托上了高空一样。很快,周围群山的山巅就从我们的视线中一掠而过。

坐在老鹰背上飞越裂谷,这是多么不可思议的感觉呀!我必须提醒自己,这一切都只是幻觉。我低头往下看去,感到头晕目眩,忙不由自主地抓紧了老鹰。

这个虚拟空间看上去并无边界。我看见河流、森林、远方的山脉,它们一直延伸到了地平线。只不过离得越远的地方,清晰度就越低。

"出发,去霍比屯!"我父亲喊道,听起来他乐在其中。

从地图上看,瑞文戴尔跟夏尔郡之间的距离并不远,但是当两只大鸟最终飞到一片丘陵地带,降落在霍比特人的村庄中时,时间也已过去了好一会儿。很快,有几十个霍比特人从他们的小屋里走出来,好奇地围住了我们。一些小孩子还冲我们指指点点。这一幅平静村庄里突然产生骚动的场景真实得近乎完美。

我和父亲都从老鹰背上爬了下来,随后,两只大鸟便飞入云层之中。霍比特人充满好奇地看着我,好似在等待着我的指令。

在这个世界里,我可以成为一名英雄、一位国王甚至是一个精灵。这种想法十分吸引人,但是……忽然间,我看透了这些在我周围激动得叽叽喳喳的霍比特人:他们是没有生命的木偶,他们没有自己的意志、没有真实的感觉、没有灵魂。他们所表现出来的"生动"让我觉得一阵恶心,我也不知道为什么,只有一种模糊但挥之不去的感觉:我来这里是一个错误。

"我想回那个白色房间去了。"

"为什么呢,我的儿子?你不喜欢这里吗?"

"喜欢是喜欢,但是,我现在不想玩电脑游戏。"

"你觉得在这里就是玩电脑游戏吗?"我能明显听出他很失望,"你可知道建造这样的世界耗费了多少精力?我们专门为你创造了这个世界,它几乎是无穷无尽的。你在这里不会觉得无聊。你可以在这里冒险,只要你愿意,你可以去墨瑞亚深处探索,或者跟大蜘蛛搏斗。你甚至可以指挥整支军队去面对黑暗的统治者!"

"但它们都不是真实的。"我反驳道。

"我明白,对你来说,这一切都是陌生的。但是你会习惯的。总有一天你会忘记这里不是现实。无论遇到多么罕见的情况,我们的大脑都能使我们习惯,并最终认为它就是常态。你跟我、跟外面的其他人不同,你永远不会感到口渴、饥饿和痛苦。如果你在一次冒险中死去,也只不过是经历了一次暂时的挫折。如果你愿意,我们可以把其他人邀请进来,把中土世界的某些地方开发成多玩家在线游戏,向公众开放。这样,你就能认识来自世界各地的朋友,发展新的友谊。甚至,只要你想,你就可以成为这个世界上最强大的人,比甘道夫和萨鲁曼拥有更多魔力。"

"对不起。这里真的很美好,但是……它只是一个幻想世界。我已经感觉到我并不是真实存在的了。我想,我希望能够尽可能地接近现实,至少能让我记起以前的生活。"

"我理解。"父亲悲伤地说,"这一切对你来说一定非常困难。"他指了指霍比特人的村庄:"那行,这些都还留在这儿。只要你想,随时可以回到这里,跟我说一声就行。我……现在还有一些事情要处理。我们一会儿再说吧。"

还没来得及告别,我就发现自己又独自一人出现在那个空荡荡的房间里,白色的墙面散发着亮光。

第四章
越野车与无人机

"爱丽丝,给我看玛利亚·亨宁。"

来自互联网的图片和文章像拼贴画一样布满了四面墙。她是一位美丽的女士,身材苗条,有一头深色的鬈发。看来我的头发就是遗传了她。不管是出席义演活动、柏林电影节或者是有钱人的派对,照片里的她大多穿着得体优雅。除了关于她去世的消息,网上对她的其他报道也都发生在她嫁给我父亲之后。其中有一篇2006年的报道介绍了他俩认识的经过:我父亲在因斯布鲁克滑雪时遭遇了事故,我母亲正好是当地医院的一名护士,当时是1996年,父亲刚刚修完企业管理学的课程。在另一张照片上,她身边有一个鬈发的、开心的小孩儿,坐在地上玩任天堂游戏机。那真的是我吗?

我用虚拟的手指画过墙壁,把照片放大,点击链接,打开了一篇新的文章。我读到的、看到的,都无法唤起我的任何回忆。她对我来说还是一个陌生人。凶手不仅杀害了她,还夺走了我关于她的所有记忆,这比她的离去更让我愤怒。

"她是一个了不起的女人。"

我都不知道父亲的虚拟形象在我旁边站了多久。我没听到声音,也没看到亮光,没有任何信号提醒我他的到来。

我很想回答"是的,她就是那样子的",但这对我来说跟说谎没有区别,因为我对她一无所知。我连她的声音都不记得了。

"打开雅斯佩斯家的信息文件夹。"我父亲说。

刚才的图片和文章都消失了,取而代之的是一些文件夹图标。其中一个文件夹下面标着"曼努埃尔",另外一个标着"玛利亚"。他点开存有我母亲资料的文件夹。现在我终于看到了生活中的她:和孩童时期的我一起玩游戏、做饭、拆圣诞礼物。甚至还有几张她淋浴时的照片,照片里的她半笑半嗔地用浴帘挡住自己的身体。

我父亲点开了一段视频。那是我们在吕纳堡石楠草原上的游乐园里拍摄的。那时的我大概三岁,躲在她的身后,因为我害怕面前那只巨大的毛绒玩具熊;接着是我在旋转木马上朝她和父亲挥手,拿着摄像机拍摄的显然是父亲;在下一幕场景中,我手上拿着一个大大的冰激凌,脸上也被抹上了冰激凌。冰激凌从我的手里掉了下去。我哭了起来,母亲试着来安慰我,还一边把掉在我衣服上的冰激凌擦掉。她转身朝父亲抱怨:"别光站着录像了,你能不能过来帮帮忙?"这段视频就结束了。

这就是如今我脑海里她说的第一句话了。她的声音对我来说很陌生。我真希望能像视频里的那个孩子一样哭一场——我曾经就是那个孩子，但是他看起来却像是一个与我完全不同的人。

我的父亲却可以哭。虽然他的虚拟形象平静地站在我身旁，看起来没有流露出什么情感，但是我听见了啜泣和喘息的声音。

"谢谢你，把这个放给我看。"我说。

他没有回答。

"跟我说说她吧。"

"她……她真的很棒。大多数情况下，她都很温和，但是如果有人惹她生气了，她也会怒气冲天。曾经有一次，她把一袋牛奶倒到了我头上。事后我还得进厨房收拾东西，因为在她看来，是我挑衅了她，那就是我的错。她就是这样：不理智、不迁就、不屈服。她的本性就是这样的。她不会被那些坏人吓住，宁可自己有危险，也不愿意把你交给他们。我从来没有如此深爱过一个人。她当然也是爱我的，但是对她来说，世界上没有人比你对她更重要。我一直都小心翼翼，防止她太溺爱你。如果学校老师胆敢给你一个特别低的分数，那他就要多加小心了。还好这种情况不常发生，你一直是一个品学兼优而又有天赋的学生。"

"我没有兄弟姐妹吗？"

"没有。你的出生……情况有点儿复杂。你在新生儿监护室住了一段时间，幸好没有造成什么永久性的损伤。从那以后，你的妈妈就不能再生孩子了。我想，这也是她越发爱你的原因吧。"

"她安葬在哪儿？"

"在奥尔斯多夫公墓。"

"我……能看看她的墓吗？"

"可以。但在那之前我还给你准备了一些你可能会喜欢的东西。我想把它展示给你看看。或者你要不要先休息一下？我感觉这一切都让你相当困惑，你一定也很累了。"

"的确很累。但是我想看看你要向我展示的东西。"

"好的。爱丽丝，给我看私人摄像头 C-113！"

照片都消失了，除了一面墙，其他墙都变回了白色。那面墙上显示出一间类似于健身房的地下室，地板上铺着垫子，周围还有氖灯，摄像画面看起来很不稳定，很显然，它是固定在一个人的头上的。

我父亲的虚拟形象不见了，但是我能听见他的声音："看到我在哪儿了吗？"

"我看见一间铺着垫子的地下室。"

"没错。你现在是通过我的摄像眼镜看见的，就像你在我背上似的。"他又慢慢地看了看四周，这样我也可以平稳地看一看这个房间。但是房间里除了一些健身器材、一个挂了一副眼镜和两双手套的置物架之外，没有什么有趣的东西。

"我现在没戴数据手套，操控是靠语言和这个。"我看见他的手里举着一部智能手机。

他打开门,穿过由氖灯照明的过道,又经过一小段走廊,最后来到了一个宽敞的车库。那里停着一辆红色的法拉利和一辆黑色的越野车,越野车的玻璃上还贴了膜。我的父亲钻进了这辆越野车。

"亨宁·雅斯佩斯。"他说。

"身份确认成功。欢迎你,亨宁·雅斯佩斯。"一个电脑发出的声音回答道。

"驶出车库!"

这辆车启动了,车库门打开,车轮向后转动,我能看见车库亮堂了起来。我父亲并没有手握方向盘。

"看见了吗,曼努埃尔?"

"是的……父亲。"这句话听起来很怪。

"你以前总是叫我爸爸的。"他听上去有些失望。

"是的,爸爸。"

"这是一辆自动驾驶汽车,可以全自动地驶向任何目的地。它还没有获得德国官方认可的正式行驶资格,但是我获得了驾驶测试的特别许可。你可以开着它到你想去的地方。"

我有些讶异:"我吗?"

"是的。注意看,这非常简单。只要对爱丽丝说'自动驾驶模式一'就行,也可以说'模式一'。"

"自动驾驶模式一。"

房间的另一面墙上出现了另一个摄像头拍摄的画面，高度跟从我父亲的摄像眼镜传来的很像，但是它的视角更为宽广。显然这个摄像头被装在了车顶上。我看到一个车库，它位于一幢现代别墅的底层。摄像头画面的下方设置了一个简单的操纵界面，其中，有三个箭头，分别指向前方、左边和右边。在箭头下方，我还看到了一个空的输入框，旁边的指示文字是"目的地"。

"点击一下'目的地'，说'奥尔斯多夫公墓'。"

我照他说的做了。自动驾驶系统确认了我输入的目的地。通过摄像头，我可以看到汽车在宽阔的匝道上转弯，接着驶入一片安静的住宅区。我的父亲和我在此期间都没有动过一根手指，这辆车独自穿过车流，与其他车辆保持安全距离，注意限速、交通标志和红绿灯，就像一个学习驾驶的人在考试时那样一丝不苟。屏幕的一角显示着一张地图，从那上面我能看到这辆汽车所处的位置。此外还有几个小一些的画面，分别显示的是汽车侧面和后面的交通情况。

"很好！"我父亲评价道，"你看见画面下方的箭头了吗？如果你想偏离导航系统推荐的路线，你可以通过它们来发出指令。点击一下'右箭头'。"

我点了一下"右箭头"，箭头开始闪着红光。在下一个路口，汽车向右转了，如果按照导航的路线，它在这个路口应该向左转的。接着，父亲又让我这样试了两次。

"干得好！现在双击'右箭头'。这表示，汽车将会寻找从右侧驶离当前道路的最近路线。它将会驶入匝道、停车场、车库,甚至视情况前往一条森林小径。"

这辆车拐入了一条狭窄的小路,开了一百米,到达了一片空旷的区域,这里可能是节假日供人们停车的地方,同时也被视为林中步道的起点。

"现在按下停车键!"

汽车停住了。

"这辆车的后半部分还有一个惊喜。"他在座位上转过头,指着一面挡板。这面挡板把驾驶室跟后排座椅和后备厢隔开了。我看不到它后面是什么。

"对爱丽丝说'激活自动驾驶模式四'。"

当我下达指令后,又一幅摄像画面出现在我房间的第三面墙上,但画面是黑的。画面下方显示的操作界面跟刚才操纵汽车的类似,但看上去更复杂一些。父亲又告诉了我一条新的指令。

"爱丽丝,启动模式四。"我说。

白色房间里顿时充满了很响的嗡嗡声,越野车车顶的摄像头传来的画面也随之微微抖动起来。第三面墙上先前黑漆漆的画面忽然被一束倾泻下来的灯光照亮,可我还是看不出这到底是什么。接着,摄像头开始上升,我突然就看见了那片林中空地,车就停在空地上。从这个视角判断,摄像头应该位于车顶上方两米左右。

"是无人机!"

"没错！有了它，你就可以去那些车辆无法到达的地方了。它在充满电的状态下大概能持续飞行二十分钟。当它的电量要耗尽时，它会自动返回车里的充电桩。"

他告诉我该如何改变无人机的高度、速度和飞行方向，如何调整摄像头的视角。它甚至有全景模式，可以把全景画面投影到我房间中的四面墙、天花板和地面上。

我随着无人机在林地上空盘旋了一阵子。有一个带着狗散步的人还愤怒地盯着无人机看。虽然我只是在一个虚拟的房间里通过视频来感知外面的世界，但我仍然感觉到了自由，这是我在这个人造环境里醒来后第一次有这样的感觉。这架无人机使用起来很方便，速度也快得惊人。虽然据我父亲说，它可以飞到五百米的高空，但我还是控制着它紧贴着树冠飞行。我可不想给汉堡机场的飞行安全部门惹麻烦。

"曼努埃尔，现在可以返航了。只要点击一下返回键，无人机就能自动回到车上了。"

我还开着全景模式，能看见父亲正站在车旁边的空地上。他向我挥了挥手。无人机从敞开的车顶降落回越野车后部的停机位，随后自动关闭。墙上又开始显示从车顶和我父亲的摄像眼镜传来的画面。

"哇！"我尖叫起来，"这真的太棒了！太谢谢你了，爸爸！"

"你能喜欢真是太好了。你看，即使你不能再使用自己真实的身体,你在现实世界也不会孤单无助。相反,你移动起来可能比大多数人都灵活和迅速。"

"这就是说,我现在是一个有着人类大脑和机器人躯壳的怪物。"我自嘲地说。

"你要这么说也行,但是有机器人的躯壳总好过没有,对吧?"

"当然。谢谢你,爸爸。谢谢你所做的一切。"

"你遭受了那种卑鄙的暴行,我总得做些什么,起码能让你过上有尊严的生活。如果我能阻止那场悲剧发生,我愿意付出一切。如果你妈妈还活着,还跟我们在一起,她就能抱着你,就像……就像她从前一直做的那样。"听得出来,他在努力噙住眼泪。

"我们现在去她的墓地吧。"

"好的,我的儿子。"

他又上车了,这回没坐在驾驶位,而是坐到了副驾驶的位置上。于是我又开始操纵汽车,让导航系统规划去墓地的路线。每次当我们停下来等红灯的时候,通过父亲的摄像眼镜,我能看见路边的行人和旁边车里的人都用一种惊奇的目光看着我们。这辆车虽然贴了膜,但他们还是能看到驾驶位是空着的,没有人在控制方向盘。虽然我们吸引了一些观众,但还是顺顺利利地到达了奥尔斯多夫公墓边上的访客停车场。

剩下的路父亲是走过去的,途中经过了一座小教堂。高大的山毛榉、橡树和栗树遮挡着阳光,投出一片树荫,树下是一些宏伟的墓碑,有些已经有几百年的历史了。

我母亲的墓碑很朴素,隐藏在其他墓碑中间,要走过一条狭窄的小径才能到达。墓碑四周是繁茂的杜鹃花丛,白色、紫色和蓝色的小花开得十分旺盛,似乎是母亲给予了这片土地蓬勃的生命力。

玛利亚·亨宁,本姓豪赫莱特纳,生于1970年9月26日,卒于2019年8月30日。

除了这些字,灰色的花岗岩墓碑上没有别的文字,也没有雕刻十字架或者其他宗教符号。

"你妈妈并不常去教堂。"父亲似乎猜到了我在想什么,"老实说,我跟她一样,不怎么相信来世和全能的创世者。"

"她相信什么?"我问。

"相信爱。"我的父亲回答道,"她相信,爱是时间无法伤害的东西,它可以超越死亡而永存。她坚信,生命中的爱与被爱越多,生命的价值就越高,即使身体永远消逝了,爱依旧存在。这一点上,她是对的。"

我们沉默着,但是父亲的话一直在我脑中回荡。我既感觉不到母亲对我的爱,也感觉不到我对她的爱,只有难以遏制的愤怒。

第五章
展 开 调 查

"警察有什么关于凶手的线索吗?"我问道。此时此刻,我越发讨厌自己没有情感的电脑合成音。

"有很多。但还没有找到特别有价值的线索。"

"也就是说,警察调查了八个月都没有得出一个具体的结论?"

"也不能这样说。我会定期跟总警长通电话。他认为这起案件的背后存在一个犯罪集团,他们想要通过绑架你来勒索我。"

"难道不是普通的窃贼吗?"

"不是。他们在进屋之前,关闭了房屋的安保系统,而且是黑客从外部入侵的。否则,我们的安全中心会收到警报的。我以为这套系统是安全的,但还是被他们找到了漏洞。所以警方认为,那帮人是为了赎金而来的。你妈妈阻止了他们的绑架计划,并为此付出了生命。"

"摄像头没拍下什么吗?"

"没有,可惜没有。"

"但是总归应该有一些东西的……总有一些线索能告诉我们到底发生了什么吧?"

"当然。负责保护现场的工作人员在我们家待了一整天。警察几乎调查了所有隐秘的痕迹。我们明天还可以继续谈这件事。现在我们还是先回家吧。"

当他拐出小径,走上主路时,一个留着黑色长发的苗条女子朝我们走来。她身穿雪白的套装,跟墓地有些格格不入。擦肩而过的时候,我父亲的目光一直停留在她身上。同一时刻,她也转过头来,看向了他。不知道为什么,我忽然有一种感觉,她不是盯着我父亲,而是在看我。就好像她知道我能通过摄像头看见她一样。一秒钟以后,我父亲转头向前,她从我的视线里消失了。

"你认识那个女人吗?"我问。

"哪个女人?"

"那个穿着白衣服跟我们面对面走过的女人。"

"我不懂你在说什么。"

我没再追问——也许他只是在偷瞄她,就跟其他男人见到漂亮女人时会做的一样,他现在应该会觉得有些尴尬;也许是我过于兴奋而产生了错觉,才觉得她刚才是在看我。

"你现在该睡一会儿了吧?"我父亲说着便上了车。

"我该怎么睡觉?这个虚拟房间里连张床也没有呀。"

"只要跟爱丽丝说'晚安'。"

我试了一下,视频图像都消失了,墙壁又变回了白色,接着渐渐变黄,越来越暗,直到最后四周一片漆黑。我又感到了恐惧。我忽然感觉自己像是躺在坟墓里,和母亲一样。恐惧逐渐消散。我尝试着去回忆她,回忆她的触摸、她的目光和她的气息。但是什么都没有。我感觉自己从未真实存在于这个白色房间之外。

四周又亮了起来。

"早上好,曼努埃尔。"爱丽丝用中性的声音说道。

"什么?"我疑惑地问,"我……我刚才睡着了?"我不记得刚才做了什么梦。

"你睡了十二小时五十三分钟。"爱丽丝告诉我,"现在时间是八点十三分。"

昨天在母亲墓前感到的痛苦和愤怒依然没有消散。我决定了,我一定要找出是谁杀害了我的母亲。虽说我实现这个目标的可能性很小,但是待在这个房间里,我也没有更好的事情可做。此外,这件事能帮我摆脱目前毫无出路的境地——至少我希望如此。

"爱丽丝,我想跟我的父亲说话。"

"亨宁·雅斯佩斯现在正忙。你是否要给他留言?"

"可以。"

"请在'嘀'声后讲话。嘀——"

"爸爸,你好。我是曼努埃尔。等你有空的时候,请联系我。关于我母亲的死,我想知道更多。一会儿细说。留言完毕。"

"留言信息已记录。"

在他找我之前,我要试着自己找出更多的线索。"爱丽丝,有关玛利亚·亨宁的死你都知道些什么?"

"我听不懂这个问题。"

"给我看有关玛利亚·亨宁死亡的资料。"

墙上布满了从互联网上搜集来的相关图片和文章。其中大部分我昨天都已经看过了。《富豪之妻被杀谜案》,这是其中一篇文章,其内容跟这标题差不多,说了跟没说一样。

这样毫无帮助,我还是需要父亲提供的信息。在他联系我之前,我就靠上眼流看在线直播来打发时间。我跟着一个叫"埃琳娜96"的女人在阿尔斯特湖外湖边慢跑了一阵。一个用户名是"野生动物观察者"的人一动不动地坐在非洲某个地方的灌木丛里观察狮子是如何分食斑马尸体的。"尚塔尔"在埃菲尔铁塔下面排队准备登塔。洛杉矶这时刚过午夜,我又陪着另一个年轻人进了一家很受欢迎的夜店。这一切其实挺酷的,但是我感觉这只是在浪费时间。所以,当父亲以虚拟形象的形式出现在房间里的时候,我觉得如释重负。

他看了一会儿墙上的视频画面:"哈,眼流。你进入了他们的生活。这很好。非常好,儿子。"

"可这不是我的生活。我只是一名观众。"

"当然,我明白。这也是我要送给你越野车和无人机的原因,这样你至少能拥有一些行动自由。当然,你也可以跟着那些陌生人在这个世界上到处转转、看看。我只有一个请求——你不可以通过互联网跟外面的任何人取得联系。你有意识这件事,不能让任何人知道。"

"为什么不可以?"

"我们现在所做的一切,包括把电线连接到你的头部、构建这个虚拟世界、允许你接入互联网、为你赋予人造声音,所有这些都会引发巨大的关注。如果媒体听到这些风声,那我们就没有清净的时候了。他们可能会要求我们去治愈盲人、聋哑人,或者去唤醒昏迷的患者什么的。我们会收到大量充满绝望的请求。应对舆论会耗费巨大的精力,这样我就没法儿专注地陪伴你了。"

"帮助他人有什么不好吗?"

"我们的技术并不完善。何况也许还会有人觉得这是不道德的、不合乎伦理的。新事物总是令人们恐惧。曼努埃尔,我已经无法再帮助你的妈妈了,所以这几个月来,为了挽救你我付出了一切。我还没有准备好把这一切都公之于众。请答应我,不要把这里的事情告诉任何人。我们可以几周以后再视情况讨论这件事。"

"好吧,我同意。"

"谢谢。我相信你。你想跟我谈谈你的妈妈?"

"是的,关于我母亲是怎么死的,我想知道更多信息。"

"当我找到她的时候,她已经死了。她的尸体横躺在你的床上。床单都被血浸透了。地板上发现了一罐防狼喷雾,上面有她的指纹。后来经警方确认,空气中没有刺激性气体残留。她应该没用上这罐喷雾。根据线索判断,你的屋子里至少有两名罪犯。这也是警察事后才调查清楚的。"

罪犯进入我房间的时候,我一定醒了。当时我害怕了吗?当她为我搏命的时候,我有没有尖叫,有没有躲到床底下?我怎么什么都不记得呢?

"关于那个晚上,我自己也只有很模糊的记忆。"他接着说,"我整个人都被吓住了。我醒来是因为听到了很吵的声音,接着就是两声枪响。第一枪伤到了她,还击中了你的脖子,第二枪直接命中她的头部,使她当场丧命。我跑到了你的房间,但那两个人已经逃走了。我触发了警报器,它可以自动呼叫急救医生和警察。我当时以为你也死了。"

"但是那两个浑蛋为什么要开枪杀了她呢?她手里拿着防狼喷雾,他们就不会感到哪怕一丝害怕吗?"

"如果你能够恢复记忆的话,你一定知道你妈妈愤怒的时候是非常可怕的。也许因为他们被吓到了,也有可能他们是出于条件反射开的第一枪。第二枪是他们其中一个瞄准她开的,她就这样被灭了口。然后,这两个人就逃走了。"

"如果一点儿线索都没有,警察怎么才能抓到那两个人呢?"

"别再为这件事绞尽脑汁了,曼努埃尔。我知道,这让人很难接受。但是,我们无能为力。"

我没有理会他的阻拦。"如果这不是一起有预谋的绑架呢?也许那两个浑蛋就是要杀死我们俩。"

"这完全无迹可寻。警察当然也考虑过这种可能性。"

"会不会其中有一个人是你认识的?"

"为什么这么说?"

"你说有人黑入了安保系统,那可能就是安保公司的员工干的,或者是你圈子里的人,他很了解这个系统。"

"曼努埃尔,请相信我,这些可能性警察都已经考虑到了。"我父亲有些烦躁,"他们已经排查了所有跟这套安保系统有关的人员。"

我还是不肯罢休:"那么会不会是你公司里的人干的?你是暗星游戏工作室的老板,你手下有那么多能黑进安保系统的人。有没有对你怀恨在心,或者与你发生过争执,或者要被解雇的人?你能想起这样的人吗?"

"曼努埃尔,这不会有结果的!你是一个没有任何社会经验的十五岁男孩。你很聪明,这毫无疑问,但是由专家组成的警方专案组都找不到的线索,你光凭聪明更不可能找到。我们都很伤心,我知道你有多么想为你妈妈报仇,但你什么也做不了。"

是的,那个十五岁的男孩什么也做不了。

我想哭,但是我虚拟的身体无法流出眼泪,我人造的声音更是连一声抽泣都发不出来。

第六章
似 曾 相 识

父亲离开房间以后，我继续在互联网上搜索有关我母亲被杀的信息，但我没找到什么新东西。我读了一些理查德·奥特克、克朗祖克夫妇、史莱克夫妇等富豪的子女被绑架的文章。那些罪犯都依照计划冷酷行事，十分无情。除此之外，这些案件跟我遇到的事情并无共同之处。我觉得自己无助且无用。我父亲是对的，我没有办法为母亲、为自己讨回公道。

几个小时以后，我父亲的虚拟形象又出现了。这次他不是一个人来的，他旁边站着一位穿着牛仔裤和T恤衫的男人。这个陌生人四处打量着这个房间，他似乎不知道自己是怎么来到这里的。

"这位是皮特·德波尔。"我父亲介绍道，"他是我专门雇来保护你人身安全的人之一。"

"你好。"陌生人说。

"你好。"我回答道，"保护我？这是什么意思？"

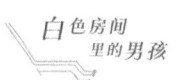

"有人对你的身体开枪了。那人未必是想杀你，但是我不能冒任何风险。你的身体所在的房间现在正全天候地被保护着。"

可能有人要杀我，这个想法让我不寒而栗。是谁要杀我呢？总得事出有因吧？

"正如我刚才说的，未必真的有人盯上了你。"我父亲把他刚才的意思又重复了一遍，他一定是注意到了我的惊恐，"别担心，你现在是安全的。你只能在虚拟房间里移动，这也是一件好事，没有什么能伤害到你。车祸、恐怖袭击、自然灾害都伤不到你。"

"如果我能自由行动的话，我宁可承担这些风险。"

"我知道。所以我把皮特请到这儿来。当看见你喜欢跟着眼流里那些戴着摄像头的人到处走的时候，我有了一个想法。爱丽丝，打开皮特的摄像头。"

皮特的虚拟形象消失了。一面墙上出现了摄像头传来的地下室的图像，我父亲想要在虚拟世界活动的话，就会去那间地下室。我可以看见父亲正站在那儿，鼻子上架着副摄像眼镜，手上戴着数据手套。

"皮特，你走到镜子前面去。"我父亲说。

摄像头转了过去，我看见镜子里出现了一个男人。他穿着牛仔裤和深色T恤衫，肌肉很发达。他剃着光头，下巴上留着金色的胡子。一双深蓝色的眼睛透过摄像眼镜看着我。他笑了笑，但是看上去有点儿凶。

"你好,曼努埃尔,能看见我吗?"他说话带着很重的荷兰口音。

"是的,我能看见你。"

"很好。"我父亲继续说,"从现在开始,皮特就是你在现实世界中的化身。只要不违法、不危险,你吩咐他的事情他都会去做。"

"我……是……一个……机器人。"皮特故作生硬地说着,还在镜子前做了几个类似砍杀的动作。我忍不住笑了出来,因为是合成的,这笑声听起来特别怪异。

"我看你们很有默契!"我父亲说,"你俩在一起一定都会觉得很有意思。"

皮特看上去很和善。跟他一起行动的想法我挺喜欢的。另一方面,我对命令别人这件事又觉得有些奇特。

"皮特,你能带我看看这座房子吗?"

"当然可以,老板!"他的语气中带着一丝调侃。

他走出地下室,带我参观了整座建筑。这座建筑左右两边均呈长方形,连接它们的是一座圆柱状的中央建筑。地下室里除了能用来进行虚拟世界旅行的健身房之外,还有游泳池、桑拿房、锅炉房、酒窖和一个大车库。除此之外,另有一个房间是用来放置安保设备的,我们不能进去。一层有半圆形的开放式入口、一间带食物储藏室的现代化厨房、宽敞的餐厅和带弧形全景式窗户的客厅。从客厅的窗户向外看,楼下院落的景致如同精心打造的公园一般。此外,一层还有两间客房、一间摆有书架的父亲的书房和一个摆着台球桌和会议桌的带壁炉的房间。父母的卧室和我的房间都在楼上。这些房间风格简约,但都布置得很有品味。这是出自我母亲的手笔吗?

皮特用导游一样的口吻向我介绍这一切,就像他正领着位游客参观老国王的宫殿。我喜欢他略带自嘲的说话方式。

"你真的什么都想不起来了吗?"他问。

"想不起来了,就跟我从没有来过这里一样。"

"这一定很糟糕。没有了过去。"

"的确。"我用完全没有情感的声音说,"你的过去是什么样的?在为我父亲工作前,你是做什么的?"

"我曾是一名雇佣兵,来自开普敦①。我早年曾在南非的军队服役,后来在一家私人安保公司工作,主要完成外国公司委托的任务。有几次我都觉得那些任务与情报机构有关,但是没有人会告诉我委托人究竟是谁。"

"听起来很带劲哪。"

"那都是很危险的任务。我很高兴现在不用再做了。"

"你杀过人吗?"

他沉默了一会儿才回答。他一开口,我就听出了他声音里压抑着的愤怒:"别再问我这个了,行吗?"

---

① 开普敦,南非第二大城市。

"对……对不起,皮特。我没打算探听你的秘密。"

"没事。有些事情我不想谈论。"

"抱歉。我不会再问了。"

"听着,我现在该下班了。咱俩一起去喝一杯怎么样?"

"太棒了!"

不久后,我们就坐在了一家酒吧里,像我这样的未成年人本来是不允许进来的。音乐声通过皮特眼镜上的麦克风传来,声音大得有些失真。

"你喜欢这儿吗?"他问我。

"我也说不好。不觉得有点儿吵吗?"

"你喝过啤酒吗?"

"我……不记得了。"

"敬你!"他举起酒杯,就像要跟我碰杯一样,接着他一饮而尽,又要了一杯。

皮特在酒吧里左顾右盼,摄像头也随之左右摇晃。他的目光停在一个衣着清凉的女子身上,她跟我们隔着两个座位,金色的长发看上去跟假发一样。她脸上的妆很浓,看起来像个假人。皮特并不介意,冲她点了点头,摄像头也随之晃了晃。

她笑了笑,举起了手中的杯子。他起身向她走去:"你好!"

"你好呀!"金发女郎说,"如果你开着摄像头的话,可是要额外收费的。"

"就是一个朋友在看着我们。"皮特解释道。喝了几口啤酒后,他的口音更重了。

我有些不太舒服,感觉自己像个偷窥狂。"皮特,不能这样。"我想要制止他。

"为什么不?你看一看也没什么,小家伙。"

伴随着吵闹的音乐声,传来了一个男人带着醉意的声音:"嘿,你,最好把这个摄像头给关了。"

皮特转过身子。他面前站着一个文着花臂的宽肩男人。

"你说什么?"皮特平静地说,但是听得出来他的语气中带着一丝威胁。

"皮特,快离开酒吧!"我告诉他,"马上!"

"我说,把你的摄像头关上。"花臂男重复了一遍,"我们这儿需要隐私!"

"朋友,你最好知道你正在要求谁。"皮特回答道。

"皮特,现在把摄像头关了,结账走人!"我多想冲他大声喊出这句话,但是我无法提高音量。

"好吧,好吧。"

墙壁变黑了,出现了一条系统提示:"摄像头连接已断开。"没过多久,这条系统提示又消失了,我看见了酒吧前面的街道。

"谢谢!"我说。

"你可真扫兴!"皮特抱怨道,"我本来是想让那个家伙尝尝厉害的。无所谓了,我现在下班了。如果你想要我做点什么,明天早上八点开始可以联系我。晚安,曼努埃尔。"

"晚安,皮特。爱丽丝,关闭皮特的摄像头。"

时间还不是很晚,我也没觉得累。我无事可做,就又打开了眼流,看看汉堡还有哪些用户在线。一个叫"克莱恩·特芙林"的用户正在直播和朋友在城市公园的一场烧烤。一个留着络腮胡子、扎着马尾辫的年轻男孩在边上弹着吉他唱着歌,其他人专注地听着。虽然这个吉他手弹得一般,但是他的音乐打动了我。我有没有弹过吉他?为了能弹吉他,我愿意付出什么呢?也许明天我该问问皮特会不会演奏某种乐器。但是,这跟我自己弹肯定不是一回事。

其中的一个女孩站起身,去烧烤架旁边的啤酒箱里拿了一瓶啤酒,起开瓶盖,转头对戴着摄像眼镜的女孩说:"来一瓶吗?"

我愣住了。我见过这个女孩!黑头发,大眼睛,窄下巴……我记不起她叫什么了,但是我敢肯定,我曾经见过她。这是从白色房间醒来后我第一次感觉和外界有了联系。这个女孩对我来说一定有什么意义,虽然我还不知道是什么。

我答应过父亲,不能跟外面的人建立联系,但这太重要了,我只要不泄露自己的情况,不让别人知道我是一个昏迷中的男孩,正借助脑袋里的电极上网就好了。我向爱丽丝口述了一条信息,命令它发给"克莱恩·特芙林":刚才拿啤酒的黑发女孩是谁?

"嘿,茱莉亚,这儿有人想知道你是谁!"戴着摄像眼镜的女孩说。

"你是开着摄像头吗?"茱莉亚问。其他人也都转过头来盯着戴摄像眼镜的女孩。

吉他手也停了下来:"快把那该死的东西关了。我可不是在开什么音乐会!"

"对不起。我……"戴摄像眼镜的女孩说着,图像就消失了。我眼前跳出一条信息提示:用户克莱恩·特芙林已下线。

真气人!

我用谷歌图片搜索"来自汉堡的茱莉亚",但是没有一张图片上的女孩长得像刚才公园里的那个。我刚才要是截图就好了!可惜我想到得太晚了。

我命令爱丽丝联系我的父亲。这次我只能听到他的声音,墙上出现了他的一张照片,照片看上去像是由暗星工作室的媒体部提供的。

"你好,曼努埃尔。"他说,"我刚准备睡觉。"

"抱歉,我是不是打扰你了……"

"没有,我不是这个意思,我的儿子。你从来不会打扰到我。皮特怎么样?"

"挺好的。非常感谢你想到了摄像头这个主意。他很和善。"

"看来你俩相处得不错,这让我很开心。"

"我有些事要问你。我刚刚在眼流上看见了一个女孩。我总觉得我认识她。"

"一个女孩？她叫什么？"

"我只知道她叫茱莉亚。"

"嗯。你不知道是怎么认识她的？"

"不知道。"

"也许是在学校里？"

"可能吧。我上的是哪所学校？"

"华德福中学。"

"谢谢爸爸。晚安！"

"不客气。这是一个好兆头，说明你的记忆开始恢复了。总有一天你所有的记忆都会回来的。晚安，我的儿子！"

我太兴奋了，现在可睡不着，于是我查看了一下这所中学的网站，还在不同的社交网站上寻找在这所学校上学的名叫茱莉亚的人。我找到了一些人，但是她们个人资料上的照片都跟城市公园里的那个女孩不一样。

直到夜很深了，我才放弃寻找。"晚安，爱丽丝。"

光线黯淡了，黑暗包围着我。这一次我不再害怕了。我可能再也无法使用我的身体了，但如果我至少能想起在公园散步或者踢球的感觉，也许我就能渐渐习惯在这个虚拟世界里生活。

第七章
她 是 谁

早上八点不到,白色房间的墙又亮了起来,爱丽丝用它合成的声音叫醒了我:"早上好,曼努埃尔。"我满脑子都是情节破碎错乱的梦中情景:茱莉亚出现在梦里。她被半兽人抓住,关在了一座塔里,而我得把她解救出来。但是不知怎的,我找不到塔的入口。突然之间,我也变成了半兽人的囚徒,它们嘲笑我、讥讽我,而茱莉亚坐在关我的笼子外面哭泣。这个女孩对我来说一定意味着什么,除此之外,并没有太多值得解读的情节。我们是好友吗?我的父亲真的不认识她吗?

我决定给克莱恩·特芙林发消息打听一下茱莉亚。虽然我答应过父亲,不能与任何人建立联系,但是互联网的好处不就在于可以匿名吗?

我向眼流的对话窗口里口述了这些内容:"你好,克莱恩·特芙林。昨天我在看你的直播时见到了一个女孩,茱莉亚。我之前认识她。但是我没有她的联系方式了。你能告诉我怎样才能联系到她吗？"

克莱恩·特芙林的账号显示处于离线状态，但是我发出信息后不到一分钟，就收到了一条回复："你叫什么？你怎么认识茱莉亚的？"

我犹豫了。我只想保持匿名状态，但是如果我完全不告诉她任何信息，她肯定也不会向我透露有关茱莉亚的信息。"我叫曼努埃尔。我不太确定是怎么认识她的了。"

很快，回复就来了："什么叫'我不太确定是怎么认识她的了'？你要么认识，要么不认识，'曼努埃尔'。"

我决定要稍微冒一冒险，便回复道："我遇到了一场事故。对于自己之前的生活我一点儿也想不起来了。我只知道我曾经遇见过茱莉亚。也许她能帮助我找回自己的记忆。求你了，能联系上她对我来说很重要。"

"这可是我听过的最虚假的故事了。"克莱恩·特芙林回复，"滚开，你这个跟踪狂！"

"不是你想的那样。"我回复说，"请你问一下茱莉亚，她是不是认识一个十五岁、黑色鬈发、名叫曼努埃尔的男孩。她可以自己决定是否要跟我联系。"

但是最后这条信息克莱恩·特芙林并没有收到。系统消息显示，她已经把我拉黑了。

我删除了这个账号,又使用别的用户名注册了一个新账号。我订阅了克莱恩·特芙林的直播,并且设置成她一上线系统就会自动提醒我。我实在不知道该如何打发这大把的空闲时间,只能漫无目的、不加选择地点击其他来自汉堡的直播。我不太可能在这些直播画面里凑巧看到茱莉亚,或者发现其他我以前认识的人,但是也许我能看见别的可以触发我记忆的东西。不管怎么说,这都比盯着白墙看要好。

两个小时以后,这些晃晃悠悠的摄像画面让我看得有些恶心。我现在正跟着一名中国游客的镜头在市政厅广场散步,他正对着网络上这群看不见的观众滔滔不绝。

我该停下来了,已经看够了。

就在这时,我发现了她:一个穿着雪白套装的女人。她从边上走过,快要走出摄像范围时,她转过头,似乎对我微微一笑。那名中国游客还在用我听不懂的语言说个不停。

这真是那个在墓地遇到的女人吗?即便真的是她,即便发生了这种极小概率的事件——在这个直播中恰好又看见了她——这也说明不了什么。这不能说明什么。她并不是对我微笑,而是对那名中国游客,或者旁边的某个人在笑。她甚至可能都不知道这一幕已经被摄像头录了下来。除此之外,还能怎样?

即便如此……

我脑子里出现了一个念头:会不会其实我根本不知道她长什

么样？会不会我只是把某张脸投射到了一个恰巧身穿雪白套装的路人的脸上。就像我们总觉得自己可以从一片墨渍或者一片云彩中认出某种形象一样。但那到底是谁的脸呢？

"爱丽丝，给我看玛利亚·亨宁。"

那些我看过的照片、读过的文章又一次出现在墙上。我母亲跟这位白衣女人有相似之处，都有着黑色长发、苗条的身材，但两人的脸长得不一样，母亲的鼻子更小巧，嘴唇更饱满。如果我真的从陌生人的身上看到了一张熟悉的脸，那也不是我母亲的脸。

眼流提示我克莱恩·特芙林上线了。我点开她的直播，看到她跟一位红头发、脸上长雀斑的女伴在购物中心闲逛。她们要么看看商店橱窗，要么取笑那些在她们看来穿着特别难看的路人。我在想，如何才能跟她重新建立起联系，又不被她拉黑。

当她俩笑着驻足在一家时装店门口时，我有了主意。我打开谷歌地图，输入这家店的名字。它位于"阿尔斯特之家"①。

"爱丽丝，联系皮特！"

"你好，老板！"这个南非人跟我打招呼，"我能为你做点什么？"

我犹豫了。我现在想到的到底是不是一个好主意？毕竟皮特是我父亲的手下，而我父亲明确禁止我跟外界建立联系。另一方面，这个南非人看着也不像是一个循规蹈矩的人，而我也没有更好的

---

①位于德国汉堡的一家知名购物中心。

办法了。应该值得一试。

"开车去'阿尔斯特之家'!"

"我去那儿做什么?你是想买东西吗?"

"不是。有个重要的人在那儿,我要你替我跟踪她。"

"听起来很有意思。好的,我出发了。"

皮特的摄像头画面已经传到了墙上,我同时也看着克莱恩·特芙林的直播画面,希望她不要关掉摄像头。幸运的是,她俩还在说个不停。当皮特到达购物中心的停车场时,她们正站在一面挂满夏装的橱窗面前。

"我觉得那件很漂亮。"克莱恩·特芙林指着一件鹅黄色的连衣裙说。

"我也说不准。"她的女伴说,"不会有点儿扎眼吗?"

"是吗,你这么觉得?"

"现在做什么,老板?"皮特问我。

"找到一家叫'年轻派'的商店。"皮特寻找的时候,那两个女孩走进了店里。克莱恩·特芙林挑了一件合她尺寸的连衣裙,走进了试衣间。有那么短短的一瞬间,我在试衣镜里看见了她。她身材高挑儿,一头金色短发。她用手摸了一下眼镜,直播画面变黑了。克莱恩·特芙林下线了。运气真差!

几分钟后,皮特赶到了这家店门口。通过他的摄像头,我发现了那两个女孩,她们刚刚走出店门。

"现在怎么做,老板?"皮特问。

克莱恩·特芙林瞥了他一眼,幸好她的女伴转移了她的注意力。我偶然听到了几个不成句的字词:"生活里不……绝不在这个价位……"

"皮特,这两个刚从店里出来的年轻女孩,"我说,"我必须跟其中的一个说上话——那个拿着购物袋的金色头发的女孩。"

他把摄像头对准了她:"你想跟她说些什么?"

皮特一边听着我的吩咐,一边保持着几步远的距离,跟着她俩来到一家咖啡店。她俩在店内坐了下来。

皮特有自己的行事方式:"不好意思,女士们。"

二人转身面对着他。克莱恩·特芙林皱着眉,眼神里透着怀疑,她的女伴倒是笑了。看起来女伴对皮特有些好感。

"您想做什么?"克莱恩·特芙林问。

"我能请你们喝杯咖啡吗?"

红发女孩觉得这主意不错,但是克莱恩·特芙林执拗地拒绝了:"不用了,谢谢,我们不希望被打扰。如果你想讨好我们,下次要把摄像头关掉。"

"不好意思,我确实需要开着摄像头。我带着一个好朋友,他想跟你说话。"

"他为什么不自己来这儿?"

"因为他来不了。"

"'来不了'是什么意思?他是残疾人还是……"

皮特点了点头,摄像头画面也上下晃动着。

看得出来,她对自己刚刚的提问感到有些难为情,所以态度友好了一些:"他想要和我说什么?"

"他想要你认识的那个叫茱莉亚的女孩的联系方式。"

"那个网上的偷窥狂!"克莱恩·特芙林变得有些烦躁,"这可不成!他又开始跟踪我了吗?眼流真不是什么好东西。"

"他可绝对不是偷窥狂。"皮特解释道,"他遭遇了一起事故,因此失去了一部分记忆。他觉得茱莉亚是他以前认识的人。如果他能联系上茱莉亚,可能会有助于他的康复。"

"又来,又是这个故事!我怎么知道这故事的真假?这故事可能就是你编出来的,你自己就是那个偷窥狂。"

"我看上去像个偷窥狂吗?"

"如果他说的是真的,怎么办?"红发女孩问。

"如果不是真的怎么办?"克莱恩·特芙林反问道,"我才不会把茱莉亚的联系方式告诉一个陌生人。"

"好的,我懂了。你要多少钱?"皮特询问。

"什么?"红发女孩像受到惊吓一样叫出了声。克莱恩·特芙林双眉紧蹙。

"能帮助曼努埃尔对我来说非常重要。"皮特说,"那么,你们到底需要多少钱才肯告诉我?"说完,他拿出两张五十欧元的钞票放在了桌子上。

我简直不敢相信自己的眼睛：我可从来没有让他去收买克莱恩·特芙林。这样做让我觉得很不舒服,可惜为时已晚。

克莱恩·特芙林若有所思地盯着桌上的钱,她的女伴摆出了一副厌恶的表情。"两百欧。"克莱恩·特芙林最后说。

皮特又拿出了两张五十欧元的钞票。

"好吧。"她一边说着,一边把钱放进口袋,"她在尼莫聊天儿室里的用户名是'茱莉[①]2007',我只能说到这儿了。"

"够了吗,老板？"皮特问我。

通过花钱购买信息并进行调查,我总觉得不太道德。但是如果想找回记忆,我现在就不能这样扭扭捏捏的。从"尼莫聊天儿室"本身看不出什么信息来,在"谷歌"的帮助下,我查到了它的相关信息,尼莫聊天儿室是一个"完全匿名的聊天儿软件",尽管如此,用户之间还是可以查看到基本信息。用户名是"茱莉2007"的用户头像是一头蓝色的独角兽,除此之外就没有别的信息了。我并不能确定这个人就是茱莉亚,但我不想再纠缠下去了。

"可以,够了。"

他很快就跟克莱恩·特芙林和她的女伴告别。"还需要我做什么吗？要是没事的话,我就去买点东西,反正我都到这儿来了。"

[①]"茱莉"是"茱莉亚"的爱称。

"没事了。有事我会找你的。谢谢你,皮特,你帮了我个大忙。"

"不客气。一会儿见,老板。"

"再见,皮特。爱丽丝,关闭皮特的摄像头。"

我用"白色房间里的男孩"这个名字注册了一个尼莫聊天儿室账号,又给茱莉2007发了一条信息,输入信息的时候我觉得有些紧张:

茱莉亚,你好!

我的名字叫曼努埃尔。我通过眼流看到你在城市公园听别人弹吉他。我觉得我认识你,但我不知道是怎么认识你的。一场事故让我失去了记忆。我十五岁,有一头黑色的鬈发。可惜我现在没有自己的照片。如果我俩的确认识,请你告诉我我们相识的过程——这也许能帮助我找回对从前生活的记忆。

曼努埃尔

不到一分钟,我的尼莫聊天儿室就收到了一条信息,我没想到这么快就能收到回复:"如果这是个玩笑,那么它很恶劣。"

我是这么回复的:

这不是玩笑。我无法告诉你关于我的更多事,至少现在还不能。我现在能说的就是这些——我叫曼努埃尔,失去了对于过去的

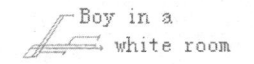

记忆,我曾经见过你。

"曼努埃尔?但是这怎么可能呢?你在哪儿?"

我回复:"在我告诉你我在哪儿之前,我必须要知道,我们是怎么认识的。"

"我们是怎么认识的?如果你真的是你所说的那个人,你怎么可能忘了呢?我是你的妹妹呀!"

第八章
谎言与恐惧

我惊慌失措地盯着墙壁。刚刚还在使用中的尼莫聊天儿室现在只留下了一条错误报告:连接已断开。

"爱丽丝,怎么了?"

"我听不懂这个问题。"

"为什么跟尼莫聊天儿室的连接中断了?"

"我听不懂这个问题。"

"爱丽丝,打开尼莫聊天儿室。"

"遭遇技术故障。请耐心等待。"

技术故障?偏偏是现在?

"爱丽丝,联系我父亲。"

他的脸出现在墙上,显得有些过大了。我能看见他身后的书架。他应该是坐在书房里的一个网络摄像头前面。

"你好,我的儿子。你想跟我谈谈?"

"我有妹妹吗？"我直接发问。

他皱起了眉头："你为什么这么问？"

"请先回答我的问题。我到底有没有一个叫茱莉亚的妹妹？"

"没有，当然没有。我跟你说过，自从你出生之后，你妈妈就不能再生育了。你这个想法是从哪儿来的？"

我告诉他我第一次见到茱莉亚的情景，她的目光触发了我内心的某种东西，就好像有人拨动了我的心弦。我也跟他说了我是如何联系上茱莉亚，联系又是如何突然中断的。

"曼努埃尔，你答应过我你不会跟任何人联系的！"他说。我能听出，他的语气中更多的是同情而非愤怒。

"我知道。但是我想，如果我能找到这个女孩，也许就能更快地找回我的记忆。"

"听着，无论这个茱莉亚是谁，她都不是你的妹妹。这是可以肯定的。"

"但是她为什么要这么说呢？"

"她是这么说的吗？好好想想再回答。"

"她说，如果我真的是我所说的那个人，那么她就是我的妹妹。"

"但是也许你不是她以为的那个人。可能她真的有一个哥哥叫曼努埃尔。他跟你差不多大，也是一头黑色鬈发。但这都不是什么罕见的特征。你没有给她看你的照片吧？"

"没有。"

"幸亏你还动了动脑子。我跟你讲过,向外界透露你的身份是一件危险的事情。曼努埃尔,今天的事情无论如何不能再次发生了!我要跟皮特说一下。"

"但是这不可能只是巧合!我认出了她,她也认识一个跟我一般大的曼努埃尔!"

"她确实是这么说的。但是你真的确信这个尼莫聊天儿室上的女孩就是你在眼流上看见的那个茱莉亚吗?"

我犹豫了:"那她还会是谁呢?"

"今天购物中心里的两个女孩很可能只是想骗你的钱,或者准确地说,是骗我的钱。记住,如果一个人愿意花两百欧元买一个尼莫聊天儿室的用户名,那么他一定能掏出更多的钱来。也许她们甚至猜到了你是谁。你会看到这么做的后果。"

"但是我真的认出她来了!我完全能确定我以前认识她!"

"曼努埃尔,大脑有时会跟我们搞一些奇特的恶作剧。你也许听说过'既视感',它是一种对没有经历过的事却感到发生过的似曾相识感。比如,你到了某个地方后,觉得之前曾经来过这里,即使你很清楚这是你第一次来。有人把它视作一种超感官的体验、一种预感或者一种对此前生活的回溯。现在人们已经可以从神经生物学的角度来解释这种感觉了——人们只是自认为眼前的情景勾起了回忆,但事实上并不存在相关的记忆。你的大脑受过严重的损伤,记忆力也受到了严重的影响。在这种状况下,你会产生错觉并不奇怪。你还有其他类似的感觉吗?"

我想到了那个白衣女人。我要跟他说吗?那他一定会觉得我疯了。"没有。"

"好的。我知道这一切对你来说很难,我的儿子。以目前的情况来看,不看眼流的话会更好。你不想再去仔细看看那个中土世界吗?"

"不了,谢谢。"我说。电脑声音能把我的失望和受挫都隐藏得很好,这一点还是让我欣慰的。

"听你的,但你千万要小心。我必须坚持自己的意见,你不可以再联系任何人,即使匿名也不行。能答应我吗?"

"好的。"

"同样的事情我也要跟皮特再交代一下。只要你愿意,你可以把他派到任何地方,通过他的眼睛观察陌生人——但是他不能跟任何人说话,即使是受你的委托也不行。你确定你明白我的话吗?"

"请别生他的气,他只是做了我请他做的事。"

"我知道,但是他不应该这么做。他以你的名义去贿赂一个女孩,这成何体统?而且还是在大庭广众之下。"

"是她提出要二百欧的。"我替皮特说话。但我不得不承认父亲是对的:这件事办得真的很差劲。克莱恩·特芙林把她朋友的信息卖给了一个陌生人,而正是皮特以我的名义让她这么做的。尽管我本意并非如此,但我仍然为此感到内疚。

"那么现在请你原谅,我还有工作要做,我们可以以后再聊。你不用太把这件事放在心上。如果你遇到了什么奇怪的事情,不要赋予它们太多的含义。你知道的,你的大脑受过严重损伤,它有时候是会欺骗你的。如果再有什么异常的事发生,就告诉我,我好通知你的医生。"

"好的。再见,爸爸。"

"再见,我的儿子。"他的图像消失了,墙壁又都变成了白色。这种空虚感让我平静了一些。无论如何,这里不会让人感到困惑。

到底发生了什么?可以肯定的是,要么是我有什么不对劲,要么是那个自称是我父亲的男人对我撒谎了。但是他为什么要这么做呢?这一切有什么意义呢?

不,我无论如何也想不出他撒谎的理由。这样怀疑他可真是有些偏执。我明白,之所以产生这样的想法是因为我找不到通往自己过去的"入口",我甚至都无法确定刚才跟我对话的那个男人真的就是自己的父亲。如果我能回忆起来该多好呀!这样,混乱就会散去,因不确定而产生的恐惧感就能消失。虽然我仍然会是一个没有身体的头脑,就像"缸中之脑[①]"一样,但至少我能知道我是谁——

[①] "缸中之脑"是希拉里·普特南 1981 年提出的假想。他认为如果一个人的大脑被完整取出后放入营养液,再连接电脑,或许可以营造出假象,令大脑认为此人仍然可以生存和活动。

或者,不管怎么说,我曾经是谁。没有什么比这种不确定性更糟糕的了。

但是要找回我的记忆,我该做些什么呢?我让爱丽丝把我母亲的照片找出来,又看了看那个写着我名字的文件夹。我看到一个小男孩在花园里玩耍、在球场上踢球、拿着参加数学竞赛的获奖证书、出现在一个陌生女人的婚礼上、在教堂参加坚信礼①,他对我来说是全然陌生的,而这个男孩应该就是我。显然,这些照片上的男孩真实地生活过,但我感觉那并不是属于自己的过去。

我停了下来。我必须换一条路走:如果我能证明自己对茱莉亚的感觉只是一种既视感,那么我至少就能知道父亲是正确的,那样我就可以不再怀疑他对我说的话了。

我让爱丽丝打开尼莫聊天儿室,在搜索栏中输入"茱莉2007"。搜索结果是一片空白。奇怪,她把用户名改了吗?还是拉黑了我?为保险起见,我又注册了一个新的尼莫聊天儿室账号,搜索结果还是一样。"茱莉2007"就这样找不到了。

接下来我又打开眼流搜索"克莱恩·特芙林",结果竟然也是空白。她们俩把账号都注销了吗?为什么呢?

我忽然心生恐惧,却又不知道在恐惧什么。

"爱丽丝,打开皮特的摄像头。"

---

① 坚信礼,一种基督教仪式。

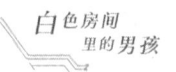

一条信息通知我,皮特不在线。

有什么地方出问题了。这里肯定出了什么问题。我感觉脚下的地板消失了,我在往深渊里坠落。可是在这个虚拟的房间里,我脚下并没有真实的地板,只有一片发光的白色。

第九章
面对"真相"

我知道什么？我到底能知道什么？我该如何分辨虚拟与现实、记忆与幻觉？

我试着从逻辑上分析我的现状。我只知道部分破碎的事实。我身处虚拟空间，没有真实的身体。我失去了记忆，只有一个明显受过伤、只能给我提供不可靠信息的大脑。有一个男人，声称是我的父亲。有一个女孩，我认为我记得她，她说她是我的妹妹——或者至少是某个跟我相似的曼努埃尔的妹妹。一个尼莫聊天儿室的账号和一个眼流账号是我跟她之间仅有的联系，它们也忽然间都消失了。唯一可以确定的是，茱莉亚的身份会导向两种截然不同的判断——如果她是我的妹妹，那就意味着父亲出于某些我无法理解的原因对我说了谎；如果她不是我的妹妹，那就意味着我的大脑会欺骗我。但是如果我自己的记忆都欺骗了我，那我该如何发现真相呢？我甚至都无法确定跟茱莉亚在尼莫聊天儿室上的聊天儿究竟是真实发生的,还只是我在做梦。

也许我在这儿经历的一切都只是一场梦。

亲爱的上帝,据我所知,我从未相信过你,但如果你是存在的,请让我醒来,让我发现这一切只不过是一场噩梦。求你了。

上帝没有听见我的话,我不能怪他。这时在一面墙上忽然出现了皮特的影像,他正戴着摄像眼镜站在镜子前面。

"你有事找我,老板?"

"是的。我知道这听上去有些怪异。今天你是不是跟我一起去了购物中心,你给了一个女孩两百欧元,她因此把一个叫茱莉亚的人的用户名告诉了你?"

他迟疑了一会儿:"你为什么问这个?"

"你做了还是没做?"

"我做了。我可以告诉你,你父亲对此并不是很开心。你不用非要跟他说的,知道吗?他没立即解雇我,我还挺开心的。"

"对不起。"别人从我的电脑声音里听不出如释重负的感觉。看来至少在今天发生的事上,我的记忆是真实的,"你还记得她说的用户名是什么吗?"

"你自己没记住吗?"

"记住了,但我也许记错了。"

"稍等,我认为是'茱莉亚2007'。不,不是'茱莉亚',是'茱莉'。"

我又在尼莫聊天儿室里搜索这个名字，还是没有结果。用"茱莉亚2007"搜索也一样，没结果。

"之前我通过'茱莉2007'这个用户名跟茱莉亚在尼莫聊天儿室上聊过了，但是连接突然中断了，现在我连这个账号也找不到了。"

"嗯。你俩聊过了。都聊了些什么？"

"我问她，她是怎么认识我的。她说，如果我说的是真的，那么她就是我的妹妹。"

"我觉得你没有妹妹吧。"

"这就是我搞不明白的地方。"

"也许她有个哥哥正好也叫曼努埃尔。这本来也不是一个少见的名字。"

"是的，但是这个巧合太奇怪了吧，你不觉得吗？"

"不知道。也许她想骗你吧。可能这个账号就是那个收钱的小姑娘的。是我出的蠢主意。也许她害怕了。她意识到她在骗钱，所以很快就把账号注销了。"

他的解释并没有真的说服我，但我也没什么更好的解释了。

"皮特，我想让你再替我去一趟购物中心。"

"为什么呢？"

具体原因我也说不清，就是一种直觉，也许它只是我想要抓住的一根救命稻草。

"你就照做吧。"

"但是你也清楚,如果那两个女孩又在那儿出现,我什么都不能做。我也不会靠近她们。"

"没关系。我想到那儿去,就是为了……这么说吧,重温一下。"

"好的,老板。毕竟你是老板。"

过了一会儿,皮特漫步穿过购物中心的拱廊,走向了那家咖啡馆,他就是在那儿跟两个女孩说上话的。早上他放过两百欧元的那张桌子旁坐着两位老妇人,她们在聊天儿。皮特替我走过一家家店铺,克莱恩·特芙林和红发女孩仍无迹可寻,茱莉亚不见了。我的直觉这一次失效了。但是我在期待什么?想在汉堡这样的城市里找到一个女孩,比海底捞针还难。

"一无所获。还是谢谢你,皮特。"

"放松点。你的记忆会找回来的。要有点儿耐心,孩子。"

说得轻巧。"是的,我会尝试的。谢谢你陪我做了这一切。"

"我做这些都是计酬的。我还能为你做点什么?"

"不用了,谢谢。如果我有需要,会找你的。"

"没问题,老板。"

我断开了连接,又打开了眼流。既然我没法儿联系到克莱恩·特芙林和茱莉亚,也许我可以试试再激发一次既视感。如果我看到一张熟悉的面孔,又能证实我从来不曾跟这个人见过面,那么我至少能知道父亲是对的。

我看的大多数都是年轻人的直播,他们无忧无虑地和别人分享着他们的所见。我不太确定这些直播者个性是否慷慨或纯朴,但是我很感谢他们能让我看见他们的生活。虽说这只是对于我自己生活的一种可怜的替代,但是聊胜于无,当我通过他们的摄像头观看这个世界时,我就能暂时忘却这个囚禁我的狭小房间。

各色面孔在我眼前闪过,各地名胜在墙上显现。为了节约时间,我同时点开了六个直播,让爱丽丝把它们同时显示在这个白色房间的每一面墙上。

"这样会把我脑子搞乱的!"我耳边响起了一个女性的声音。

我惊讶地转过身。我旁边站着一个女人的虚拟形象。她留着棕色的齐肩短发,戴着一副黑框眼镜,穿着牛仔裤和运动鞋,T恤上印着一位老先生的黑白照片和一句话:探索火星比探索内心容易——C.G.荣格[1]。

"你是谁?"

"我是伊娃·豪斯曼博士。你可以叫我伊娃。我是心理学家。你父亲没有跟你提过我吗?"

"没有,没提过。"

"那真是不好意思,我就这么闯进来了。但是我猜,这段时间你

---

[1] 卡尔·古斯塔夫·荣格,瑞士心理学家。

已经对惊喜习以为常了。"

"我不确定自己有没有习惯……"

"哦,不必认真,我就是那么一说。跟我讲讲,你刚才在做什么?"

"我在寻找我的过去。"

"就用这种通过别人的眼睛进行观察的办法?"

"可惜我不能亲自出去走走看看哪。"

我的电脑声音把我苦涩的情绪掩盖住了,即便这样,伊娃似乎还是感觉到了什么:"对不起。我不是批评你,我能理解你。"

"我希望,在外面的某个地方,我又能看见一张熟悉的面孔。"

"这样你觉得能记起更多事情?"

"要么回想起什么,要么能确认我的记忆的确欺骗了我。"

"你的父亲提到你有过既视感的体验。以你的情况而言,这很正常。你的大脑承受着极大的压力,不仅仅是因为受伤,还因为植入物。"

"植入物?"

"你的父亲没跟你说吗?他的团队把电极植入了你的大脑。不然你怎么能感知这个虚拟世界,并且跟我说话呢?"

"是说过,不过没说太多细节。"

她告诉我,为了扩展和改善我的大脑和电脑之间的联系,一组外科医生已经对我进行了二十三次手术,而且以后还会进行更多的手术。事实上,还有很多功能没有恢复:我没有触觉,闻不到气味,也尝不出味道,而且我的电脑声音也还需改进。

她期待我能对进一步的手术感到高兴,但我对此表示怀疑:"我不知道我是否想要被进一步改造。"

伊娃的虚拟形象不自然地笑了:"我们不是要改造你,而是要提升你对这个世界的融入程度。"

"这对我有什么用呢?现在我已经可以开车、开无人机和命令他人,而且这儿也没有什么可闻可摸的东西。"

"这里是没有,但是你父亲为你创造的那个世界里有呀。"

"你指的是中土世界?"

"没错。你想象一下,如果你在埃尔隆德宫殿里能闻到花香,在老鹰的背上能感受到风吹过发梢,那会是什么感觉。"

"是他派你来说服我回那里的吗?"

"你为什么会这么想?"

"我觉得他一定相当失望,因为我不愿意待在那里。他不会强迫我——当然,他可以这么做,只要把这个房间关了,再把我关进中土世界。"

"是的,他可以那么做。但是你说得对,那样的话,你就成了他的囚犯。这不是他想要做的。他爱你,曼努埃尔。为了让你过上还算过得去的生活,他花费了大部分的财产。我从未听说过有人曾付出过这么多钱来救一个人。"

"也许他应该让我在中土世界醒来。这样我就不会知道自己曾经不是霍比特人、精灵或者矮人了。"

"我们曾经讨论过是否要这么做,但这么做是不对的,你还是会觉得自己出了问题。我们想给你机会,让你自己找出真相,然后再自己决定是否到幻想世界里生活。只有这样,你在那里才能幸福。"

"'我们'?这么说,你也出了主意?是你建议父亲建造这个白色房间、让我独自搞清真相的?"

"这是你父亲、我,还有一些技术人员共同讨论的结果。我当然也提出了自己的看法,但是大部分都是你父亲的主意。"

"那他为什么又把你派到这儿来?"

"他没有派我来。他只是允许我跟你说话。"

"那你想要跟我说什么?"

"让你面对真相。"

我笑了,我的笑声听起来跟她说的话一样,毫无感情:"面对真相?面对什么真相?面对这里的一切都不真实的真相?面对我现在就是一具行尸走肉,顶多只能维持大脑运转的真相?面对我再也无法奔跑、踢球、吃苹果的真相?"

"真相就是你的记忆再也无法恢复了,曼努埃尔。它已经被不可逆地摧毁了。"

我盯着面前的墙,大脑一片空白,连眼流上展示着什么都感知不到。

长久的沉默之后，我终于开口了："这么……这么说来，当他跟我说我很快就能把一切都想起来的时候，他就是在骗我了？其实他一直都知道，这是不可能的。"

"是的，他知道。他出于同情而撒了谎，曼努埃尔，也可以说是出于爱。他不忍心让你从一开始就面对所有真相。我建议他立即把实情告诉你，但他有不同的想法。他担心你会失去生活的勇气。但他现在看见你绝望地寻找着失去的记忆，他明白了自己的错误，所以我到这儿来了。"

我想闭上眼睛，让摄像画面不要从四面八方向我涌来。我甚至连这个都做不到。一切都毫无意义。我想号啕大哭，但是我没有眼泪，我的电脑声音甚至都发不出啜泣声。

我只能用中性的声音发问："那么……我现在该做些什么呢？"

"跟我一起去中土世界。你会喜欢那里的。也许你再也记不起以前的生活了，但是你还足够年轻，可以开始新的生活。那将是幻想世界中的生活。你可以成为英雄、魔法师、统治者。你将面对邪恶并战胜它。从来没有人有过这样的机会。全世界成千上万的年轻人都会羡慕你。"

我宁可跟他们交换，但是我做不到。"我会好好考虑的。"

"好。"伊娃说，"如果你决定了，就告诉我或者你父亲。"

她的虚拟形象消失了。我又盯着四周的画面看了一会儿，徒劳地想要让自己接受这个事实：我再也无法真正了解那场灾难发生之前的自己到底是谁了。那场灾难把我从现实世界推进了幻想世界。最后,我让爱丽丝把图像关闭,把虚拟房间的光线调暗,直到我悬浮在绝对的黑暗中。我没有身体。我没有记忆。现在所有的感官也都关闭了。我只是虚无中的一团思想。我希望自己连思想都不复存在。我希望,自己不复存在。

第十章
重返中土世界

不知什么时候,墙又亮了起来,我并没有请爱丽丝这么做。

"早上好,曼努埃尔。"

"我……睡着了吗?"

"我听不懂这个问题。"

"现在几点了?"

"现在是早上八点十三分。"

我感到一种奇特的沉重感。我的虚拟身体似乎比起以前有了一些实体感。当我用右手去触摸我的左臂时,我受到了一点儿惊吓:我能感觉到什么了!那是一种戴着厚手套接触物体的感觉。当我的手指滑过我的虚拟工作服时,我能明显感觉到阻力。

"发生什么了?"我大叫起来,几乎被这种意料之外的触感吓到了。爱丽丝听不懂这个问题。

"爱丽丝,联系我父亲。"

很快,我父亲的虚拟形象就出现在我的白色房间里。"你好,我的儿子。我看到你又恢复意识了。"

"恢复意识?这是什么意思?"

"我们给你动了手术。我们昨天不是已经谈论过手术的事情了吗?"

我盯着他看:"我们谈论过?"

"你不记得了吗?"他问。他虚拟的脸部没有呈现出表情,声音倒是透出了些焦虑。

"我只记得跟伊娃,就是那位心理学家的谈话。接着我就请爱丽丝把灯都关了。我想静静地想一想。我感觉就过去了几秒钟而已。"

"从你跟豪斯曼博士谈完话到现在,已经过去两天了,曼努埃尔。她告诉我,已经跟你谈过了。然后我就来找你,你说已经准备好再试着去一次中土世界了。我对此当然很开心。我建议你提前接受一次按计划要晚一些才做的手术,这次手术能优化你的大脑和电脑之间的联系。你同意了。手术持续的时间比预期的要长,但显然它很成功。不过,看起来你有一部分最新的记忆丢失了。"

我看着他,不知说些什么。我无法理解他对我说的话。整整两天多的时间,怎么就这么轻易地消失在虚无中了呢?

"爱丽丝,打开眼流。"

眼流的网页出现在一面墙壁上。首页上展示着来自世界各地的直播画面，画面中除了标注地点之外，还显示了日期和当地时间。我上次访问这个网站确实是在两天之前了。

"如果这又让你迷惑了，我要说声抱歉。但我认为，与你所获得的东西相比，失去这两天的记忆只是为此付出的小小代价。毕竟在这两天的大部分时间里，你都处于麻醉状态。曼努埃尔，来。"他张开了双臂。

我迟疑地向他走近一步。他伸出双臂抱住我，我能感觉到他紧紧的拥抱。这种感觉真是太棒了。他轻轻地啜泣着。

我明白了，我必须放弃对于追求真相的执着，接受我的命运。我仍然不知道该如何把这些奇特的感觉、混乱的记忆和矛盾的结论融合在一起，但是我不能总是怀疑一切，那样我会发疯的。我希望有一天所有事情都能得到合乎逻辑的解释。我希望有一天我能理解为什么茱莉亚给我一种似曾相识的感觉，为什么她声称是我的妹妹但实际并非如此。在那一天到来之前，我都要接受一个现实：我不知道答案，而且可能永远也无法知道答案。我必须接受父亲给我的伟大的礼物，即使它并不是我想要的。

过了一会儿，父亲放开了我："有没有兴趣去裂谷稍微散个步？"

"现在还不想。"我回答，"我想先跟皮特说说话。"

"跟皮特？"他的声音听起来有些失望，"好吧。我跟他说，让他来这儿。"

父亲离开后不久,皮特的虚拟形象出现了。

"你好,老板?感觉怎么样?"

"我觉得挺好的。你能帮我个忙吗?可不可以对着我的手臂打拳?"

"什么?"

"你打就是了,求你了。"

"好吧。"他朝我迈近一步,轻轻地打在我的左臂上。

"重一点儿!"

他又打了我一下,比刚才用力了。这回我终于感觉到了。疼痛从来没有让我这么开心过。

"哇!"

"打疼你了吗?"

"是的,疼。"我咧嘴笑了。

"对不起,但这是你让我打的。"

"不用对不起。我很开心自己又有感觉了,真令人高兴!"

"这可真不错。我听说他们又给你做了一次手术。看来效果很不错。"

"的确不错。我叫你来不光是让你打我的,我还想问你件事。我和那位心理学家还有我父亲都谈过话了。他们建议我未来就在中土世界生活。"

"你是说那个有地精、龙和魔法师的中土世界吗?"

"是的。我父亲根据书里的中土世界专门为我创造了一个虚拟世界。一开始我并不想到那里去,但是现在……我觉得我已经准备好再去尝试一次了,但我不想一个人去。所以我想问问你,是不是有兴趣跟我一起去那里。"

"一起去?什么意思?"

"我希望你能够拿出尽可能多的时间在虚拟世界里陪伴我,就像你一整天都在玩电脑游戏那样。"

"嗯。我对电脑游戏不是特别感兴趣,不过如果你希望我这么做,那为什么不呢?"

"谢谢你,皮特!"

我联系上父亲并告诉他,我已经准备好再去一次中土世界了。他听了很高兴。很快,白色房间的墙壁消失了,我又站在了位于瑞文戴尔的埃尔隆德宫殿前面,我父亲穿着精灵服,一个年轻的女精灵手里拿着弓箭,一个矮人拿着一把巨大的战斧。

"为什么你们都长这么高?"那个矮人问,他发出的却是皮特的声音。

我忍不住笑了。

"真好,你决定回来了。"父亲说,他伸开双臂,似乎要怀抱山谷,"这一切都属于你。你只需要考虑扮演什么角色。只要你愿意,你可以成为精灵王国的统治者,或者一个厉害的魔法师。"

"不用了,谢谢。我当个莱戈拉斯一样的精灵王子就好。"莱戈拉斯是《指环王》里面我最喜欢的角色。

"来个什么？"皮特好奇地问。

"你没看过《指环王》吗？"

"没有。对于一个要在刚果同叛军打仗的人来说，很难有时间去看这些。"

"皮特，你来做中土世界里急躁的矮人，这可再合适不过了。"女精灵发出的是伊娃的声音。

"还是让我们进入角色吧！"我父亲提醒道，"从现在起，这里再也不允许谈论诸如刚果之类的现实世界的话题。我们现在身处第三纪元 2793 年的中土世界。那个找到魔戒的比尔博·巴金斯还没有出生。邪恶的索隆已经在魔多积蓄力量，但他没有强大到敢公然向其他种族发动战争。他试图通过不断贿赂、绑架、谋杀和进行其他见不得光的阴谋来提高自己的影响力，而灰袍巫师甘道夫则竭尽所能地跟他斗智斗勇。我们正处在一个充满不确定性的时代，结盟与冲突随时可能发生变化。人类只专注于内斗，几乎忘记了来自东方的威胁。精灵努力在冲突中保持中立，但又不断被卷入其中。最近一段时间，半兽人对人类村庄的侵扰越发频繁。洛汗国的骑士无法为他们广袤的帝国提供足够的保护，于是向矮人和精灵寻求支援。皮特，你来瑞文戴尔就是为了说服我们答应洛汗国的请求。"

"是我吗？"矮人低声问道。

"矮人先生，你得表现得更友好一些，如果你希望得到我们帮助的话。"伊娃建议。

"矮人从来不需要精灵帮忙！"一听这话，皮特有些恼怒，"我们只是想给你们一个机会，让你们能从我们完成的英雄壮举中分享一些荣光。"

"我看到你们已经找到自己的角色定位了。"我父亲高兴地说，"那么现在，我的儿子，你准备好跟你的同伴伊娃和矮人皮特一起去对抗邪恶了吗？"

"我们不是应该另起名字吗？"我提出了反对意见，"'伊娃'听着不像精灵的名字。"

"我叫伊娃迪尔怎么样？"女精灵说。

"那么，我还是叫皮特吧，如果你不反对的话。"矮人说，"让我适应这个奇怪的世界已经够难了，更别说再让我记一个新名字了。最糟糕的是，我得一直仰头看你们。"

女精灵乐开了花："好吧，我们还是保留原来的名字吧。可以吗，曼努埃尔？"

"好吧。"

"那么，你跟我们一起行动吗？"矮人问。我感觉到风正在吹乱我的精灵长发。"当然，一起走吧。""太棒了！"我父亲说，"如果你同意，由我来担任精灵王的角色吧。我有一个任务要交给你们……"

第十一章
精灵与半兽人

一座村庄静谧地坐落在充满田园风光的河畔。落日余晖里，一切看起来都很平静。根据精灵王所述，这里很久以前就被半兽人占领了，此后半兽人以此为营地，在附近地区抢劫掠夺，这些暴行让附近的居民生活在惊恐之中。

我把手一抬，跟在身后的十二名由电脑控制的精灵战士停了下来。"你们在这儿等着。"我命令这队像机器人一样的精灵。

"是，大人！"队长应道。

我和伊娃、皮特一起蹑手蹑脚地匍匐向前。我们能远远地看见几个人影，但是它们看起来不像是半兽人战士，它们似乎十分忙碌，但不像是在备战。其中的一个半兽人正在喂猪，猪圈里的十二头猪正在泥塘里打滚儿。另外两个半兽人在用草杈给干草码堆。一个男半兽人——也可能是女半兽人——正把晾晒在绳子上的衣物收起来。没看到路障或者其他安全设施。

"这儿怎么会是营地？"皮特说出了他的疑问。

"第一印象是会骗人的。"伊娃说，"只要有好的突袭机会，我们就该发起进攻。"

"在我看来，这些半兽人似乎已经变成平和的村民了。"我反驳道，"你看到左边那个喂猪的半兽人了吗？"

"干农活儿的半兽人？你读过托尔金的书没有？"

"我也不确定有没有读过。"我语带讽刺。

"对不起。我的意思是，半兽人当然也得吃东西，所以它们把猪作为食物也就不足为奇了。但你不能仅凭这个就说它们变成了平和的村民。"

这时，一个胖胖的半兽人——那一定是一个女半兽人——从房子里走了出来。它身后还跟着两个小小的半兽人。

"什么时候半兽人开始有小孩儿了？"我惊讶地问，"我一直以为它们跟机器人一样，是从工厂里生产出来的。"

"这确实很罕见。"伊娃同意我的说法，"我还从未听说过半兽人小孩儿。也许这个世界的规则跟托尔金的中土世界的规则不尽相同。也可能那些不是半兽人小孩儿，而是某种别的生物？"

"现在怎么办？"皮特问，"我们是现在进攻，还是等到天黑再进攻？"

"首先我要看得更清楚些。"我回答。

"我也去！"伊娃想要一起去。

"不行。"我坚定地说,"我一个人去!"皮特笨手笨脚的,去了只会妨碍我,而伊娃又总会给我一种监视者的感觉。

"他是头儿。"皮特赶在伊娃提出反对意见之前说道。

"好吧,但是要小心。我不太相信这种表面的和平。"

"别担心,我不会有事的。"

我感觉这些半兽人根本就不好战,潜行得越近,这种感觉就越强烈。它们看上去是派了两名哨兵值守,但是那两位正坐在草地上一边玩骰子游戏一边大声吵架,它们的武器就靠在旧谷仓的墙上。这真是完美的突袭时机。但是我又想到,我们这是要谋杀没有防御能力的生物。我知道这么想很荒谬,这里只是一个虚拟世界,那些半兽人不过是由程序和图形文件组成的,它们既没有感觉也没有自主意识,即便如此……

我在一个小土堆后躲了一会儿,暗中观察着这个村庄。看起来这里住了十二个半兽人,其中大部分都没有配备武器。如果遇到紧急情况,我一个人就能对付它们。即使在持有武器的戒备状态下,它们在我那些善战的精灵战士面前也没有丝毫取胜的机会。

这个念头在我脑海中挥之不去。也许我会白白浪费一次重要的机会,但是我想确认我们之间是否真有开战的必要。我离开藏身之处,大大方方地往村庄走去。

直到我离它们只有二十步远的时候,两名哨兵才发现我。它们停止争吵,盯着我看。然后其中一名哨兵突然惊恐地尖叫起来。它们从地上一跃而起,跑向村庄,俩人都把谷仓墙边的武器落在了原地。尖叫声引起了其他半兽人的注意,它们在我的注视下慌乱地逃进了屋里。当我进入村庄时,已经看不到人了。我在一座较大的房子前停下,这里以前可能是一家小酒馆。

"嘿!半兽人!"我大声说,"我想跟你们聊聊。这儿有人能听懂我的话吗?"

"你想要干什么?"一个半兽人在紧锁的门后问道。

"我要你们马上离开村庄。我们会让你们安全离开。如果你们反抗的话,我们会把你们杀死。"

"你是一个人来的?"门后的半兽人试探地问道,"你的军队在哪儿?"

"只要我一声令下,我带的人就会发动进攻。"

"你是精灵的首领?"

"对,我就是精灵首领。"

"好呀!精灵从来不会允许半兽人杀死他们的首领。你真是个合适的人质!"

说话之间门开了,从里面跳出了三个全副武装的半兽人。与此同时,半兽人战士纷纷从其他房子里冲了出来。它们一定是藏在那里埋伏好了。我像个白痴一样被困在陷阱里了!

我拔出剑来。也许我可以这样抵挡一会儿,直到援军赶来。幸运的话,皮特和伊娃能看见我,就能知道我遇到麻烦了。

半兽人围住了我。它们手握足以刺伤我的剑和长矛,但是看上去似乎有些怕我,不敢跟我近身搏斗。显然它们跟精灵战士有过不愉快的交手经历,但是它们在数量上具有十分明显的优势,我几乎没有获胜的机会。

我发出一声咆哮,冲向半兽人的首领,随后用尽全力蹬地,踩着它的肩膀往墙上跳。我一把抓住屋檐,画出一道漂亮的弧线翻身而上。整个动作一气呵成,只用了不到一秒钟,这在遵循牛顿力学的世界里是不可能做到的。但我们现在在中土世界,我是一个精灵,我父亲似乎让我的虚拟身体拥有了一些特殊能力。

对我刚才完成的那个动作,半兽人似乎跟我一样觉得很是讶异。它们盯着我,接着狂野地大叫起来。我平心静气地拉开了弓。这让它们四处逃散。它们当中的两个跑向一间大仓库,把锁住大门的沉重的门闩推向一边。我猜它们是要藏起来,但是紧接着我就听见一声可怕的怒吼,一个头小身大、满身肌肉的巨人从仓库里冲了出来。食人妖!

哎哟!食人妖的模样让我一时间忘记了这一切都不是真实的,我的内心充满了恐惧。

食人妖四处张望着找我。它一看见我,就向我冲过来。它试着跳上屋顶来抓我,但是这对它来说太难了。它一发现够不到我,就开始用它巨大的拳头砸墙。木头纷纷断裂,整个建筑开始摇晃。我几乎失去了平衡。

我试着用箭去射它的眼睛,但是这个怪物疯狂地击打着房子,我连弓都拿不稳。

"坚持住,孩子!"皮特大声吼道。他正挥舞着斧子急速跑来,伊娃的一支箭嗖的一声飞过皮特的头顶,射穿了食人妖的耳朵,扎入它肌肉发达的脖子里,但是对于这个怪物来说,这跟被蚊子叮一下没什么两样。它开始把房子的墙壁撕开,仿佛那不过是一张纸。房子摇晃得厉害,有什么东西发出了刺耳的嘎吱声,脚下的屋顶开始塌陷。我想要站稳,但是整座房子随即倒塌。砖块和木料掉落在我的身上,但是这与食人妖撕开墙壁、向我冲过来的那一刻相比,根本算不了什么。当它用巨大的前爪把我抓住举起来的时候,我甚至都无法举起剑来自卫。它像挥舞木棒一样,抓着我在空中甩来甩去。我的头撞到了倒塌的房屋,整个世界变得一片黑暗。

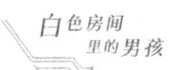

第十二章
超级人工智能

"你可真够傻的,这么低级的计策你都会上当。"皮特说。他跟我父亲、伊娃一起站在我床边,我们正在埃尔隆德宫殿一个装饰有华丽壁画的房间里。我觉得被食人妖抓住似乎就是一秒钟前发生的事。也许的确如此。

我好像满身瘀青。我感觉到疼痛了——这让我幸福得想欢呼!这个世界对我而言越来越真实了。也许我还活着吧。

"我不是应该死了吗?"我问道。

"精灵可没那么容易死。"父亲对此很有信心。

"在食人妖把你撕成碎片之前,我们就把它搞定了。"伊娃说,"但真是挺悬的。"

"阿兰迪尔会照顾你的,直到你痊愈为止。"我父亲对我说。

阿兰迪尔微微鞠了一躬:"我希望珍珠草已经缓解了您的疼痛,主人。"

"嗯,我觉得有些作用。"我说,虽然我并不知道她的药效果如何。

"下回要小心一点儿了。"我父亲警告我说,"精灵虽说很强,但也不是什么不死之身。"

"如果我真的死了会怎么样?我的意思是,既然这里是虚拟世界,我会在这座宫殿里重生吗?"

"'重生'是什么意思?"皮特问。

"玩电脑游戏的时候,如果你控制的角色死了,它会在一个特定的地方重新出现,玩家就从那里继续玩。"

"那不就跟'转世'差不多?如果在现实生活里也能这样该多好。"

"最好别让这种事发生。"我父亲说,"你先休息一会儿吧。"

"好的。"

三个人离开房间,阿兰迪尔留了下来。"我还能为您做点什么,主人?"

"能不能别叫我'主人',阿兰迪尔?我叫曼努埃尔。"

"听您的,曼努埃尔。"

我跟阿兰迪尔聊了一会儿。她听不懂的时候会时不时沉默,但是她说出的大多数句子都很得体。过了一会儿,我几乎忘了她只是机器人。我父亲和他的团队一定花了一大笔钱才赋予了她这样的智力水平。为了让我过上舒适的生活,他付出了多少努力呀!

阿兰迪尔还有别的病人要照顾,先离开了。我一个人待着的时候,发觉刚才跟她的相处很愉快。人跟电脑程序之间也可以结下友谊吗?

我起身在房间里不停地走来走去。每走一步都觉得身体很疼,但我乐在其中。最后,我推开一扇门,走到外面的阳台上。一阵冷风从山上吹来,让我打了个寒战,这仿佛是被好朋友拥抱的感觉。我刚到这儿的时候就已经有了这么敏锐的感觉了吗?还是在这期间医疗团队又继续优化了我的大脑与电脑的联系?

向左望去,我看到了一排阳台。一个黑色长发的女人站在阳台上,我俩中间隔了一个阳台。她穿着一件朴素的白色连衣裙。我看向她的时候,她慢慢向我转过身,冲我微笑。

我从房间里冲了出去,差点儿撞到皮特、伊娃和我父亲。

"怎么了?"皮特问我,但是我把他推到一边,跑去开那个阳台所在房间的门。

房间是空的,阳台也是空的。是我找错了房间吗?我走到阳台,但是其他阳台上也并没有一位穿白色连衣裙的女人。

我满腹疑惑地回到了自己的房间。

"到底怎么了?"伊娃问道。

"那个白衣女人。她刚才在这儿,就在外面的一个阳台上。"

"到底是什么样的白衣女人?"

"我和父亲去我母亲墓地的时候,在那里见过她。后来在眼流的直播里也见过。然后就是在这里。"

"你觉得她们是同一个人?"

"这怎么可能呢?"皮特问。

"我不知道。"我承认,"但是我刚才看见她时,她的样子跟我前两次看到时一模一样。我觉得我以前认识她。"

"曼努埃尔,我们已经谈论过既视感了。"伊娃说。

"如果我在不同的地方遇到同一个人,这怎么能是既视感呢?"

"可能不是,这在我看来更像是一种幻觉。你看见了某个人,他可能触发了你内心的某些情感,也许是痛苦,也许是某种更深层的感觉。你的大脑会改变你所看到的那张面孔,使它变得跟你潜意识中的那个人相似。这样,你就会认为自己一次又一次见到了同一个人。也许刚才在阳台上的只是一个很普通的电脑控制的精灵。"

"那个白衣女人长什么样子?"我父亲问。

我尽我所能地描述了一番。

"我觉得你看见的那个人是你的妈妈,我可怜的儿子。"他说。

"不是她。即使我记不起她的样子,我也看过足够多的照片了。白衣女人看起来像她,但肯定不是她。"

"创伤性的经历会引发幻觉吗?"皮特问。

"在这儿你突然变成心理学家了?"从伊娃的表情看不出什么,但她的语气中无疑带着轻蔑。

"我就这么一说。"皮特一边说,一边举起双手做了一个防御的动作。

我父亲觉得他说得有道理："我觉得这个想法一点儿也不荒唐。白衣女人，听上去容易联想到医生或护士。在曼努埃尔跟死亡抗争时，他看见了某个穿着白大褂儿的医生或者护士，于是这个形象就成为他被摧毁的记忆中最后留存的印记。"

"我承认不能排除这种可能。她跟你母亲长得很像，这一事实会使你对那个形象保持近乎绝望的坚持。不管怎么说，这是一种感官上的错觉。曼努埃尔，这种错觉可能以后还会出现。我希望它会慢慢地减少。"伊娃说。

这种解释并不能说服我。如果我的确出现了幻觉，为什么只出现了这一种，还是说我看到的其他东西也不是真实的？

我忽然意识到这个问题多么荒谬，不禁发出一阵苦涩的笑声，但这电脑合成的笑声听起来跟狗叫一样。我在这个世界里看到的一切都不是真实存在的，那我是否想象出了一个白衣女人又有什么关系呢？

就在这时，阿兰迪尔进来了。她拿着一张刻有图案的棋盘，棋盘上放着一些用白银和象牙做成的棋子。"您看起来好多了，主人……我的意思是，曼努埃尔。"她说到一半才进行自我纠正的方式让她显得跟真人差不多，虽然她的声音听上去还带有明显的人工合成的味道，"我觉得您也许会感到无聊，想要玩个游戏，但是没想到现在有人陪着您。"

"我们这就走。"我父亲边说边向皮特和伊娃点了点头。那两个人没说话,跟着他出去了。

阿兰迪尔把棋盘放在桌子上。"我不会下这种棋呀。"我说。

"没关系,曼努埃尔,我来给您讲讲规则。"

我们坐了下来。这个游戏让我想起了国际象棋,不同的是,它的走棋区域是六边形的,棋子更少,走法也不一样。此外,跟国际象棋不同,棋子之间不能互吃,吃棋子有特定的顺序,即"矮人"吃"号角","号角"吃"巨人","巨人"吃"矮人",这使得棋局看上去没那么一目了然。

阿兰迪尔是个有耐心的好老师,我很快就理解了这个游戏的基本规则,尽管其中有些规则特别复杂。但是我也清楚,跟电脑程序比赛我毫无胜算。尽管如此,第三盘比赛我还是赢了。

"我认输。"阿兰迪尔说,"您真是个善于学习的学生,曼努埃尔。"

"是你让我赢的。"我如实说道。

她笑了:"被您发现了!再来一盘吗?"

"好。"

这次她展现出了真正的水平,十步之内就把我的"军队"打得落花流水。

"太厉害了。"我评价道。

"抱歉,我不得不这么下。对我来说,要故意保留实力太难了。"

我也觉得这样不公平,我下这种棋已经一千多年了,而您才刚下了两个小时。"

"你是一台机器,下得这么好并不奇怪。"话一出口,我就后悔了。也许是我的好胜心受到了打击,所以我才如此出言不逊。

她盯着我看了一会儿:"我是一台机器?您是什么意思?"

我无言以对。她真的理解我的这句话吗?她的智力已经发达到能够进行自我反省了?不,当然不是。也许是个足够聪明的程序员预测到了我会说出类似的话,所以为她预设了合适的应对话语。

我正打算继续考验一下程序员的能力,皮特进来了。

阿兰迪尔站起身:"我不打扰您了。"

我略带歉意地看着她走了出去。

"她可真美!"皮特说。

还好,我的虚拟形象不会脸红,我也只能发出合成音,没人能听出我的不安。"呃……有没有兴趣来一盘'矮人和巨人'?"

"这是在羞辱我吗?"

"不是的,这是一种棋,阿兰迪尔刚刚教会我的。她玩这个特别棒,但也没什么好奇怪的。下这种棋,电脑比人类不知道要厉害多少。"

"你不觉得你该放下'这个世界是虚拟的'这个念头吗?也许只有你把它忘了,才能在这个世界生活得更容易些。"

他的话刺痛了我。"难道你没发现我已经忘得够多了吗?"

"对不起,曼努埃尔。我不是这个意思。你是对的,你什么都不应该忘记。但是你可以在这个虚拟世界里更投入一些。比如说,如果你喜欢上那个小精灵……"

"你想说什么?"

"没什么。我来这儿是想问问你感觉如何,你觉得什么时候能恢复健康?"

"我也不知道。但是食人妖当时几乎要把我弄散架了,所以我觉得阿兰迪尔的治疗还是相当有效的, 也许明天我就能恢复如常。"

"不错,这样你就能来帮助我们了。虽然我们已经把半兽人赶出了村庄,但是它们跟附近其他一些部队联合了起来,计划袭击洛汗国首都埃多拉斯。我们必须向洛汗国发出警告,并帮助他们保卫首都。"

"你确定我能帮得上忙?"

"只要你不试图跟半兽人喝杯莓果茶,说服它们加入联合国,就不会有问题。你不应该冲到作战前线,你有个聪明的大脑,一定能在战略战术上给我们支持。"

"别担心,我已经吸取教训了。明天出发来得及吗?"

"我觉得可以。你先好好休息,让阿兰迪尔照顾你。"

皮特没有推门出去,而是像蒸发了一样一下子就消失了。显然他是退出了虚拟世界,现在也许去了某家酒馆。这个幸运的人。

落日把天空染成一种有些俗气的粉色。我走到阳台上观赏这壮观的一幕，它既体现了自然的神奇力量，又带着人间的烟火气息，就好像卡斯帕·大卫·弗里德里希[①]的画作，但我是怎么知道弗里德里希的呢？

"该换药了，曼努埃尔。"

阿兰迪尔无声地出现在我的房间，也许她就是被直接传送过来的。只要眼前没有真实的人，这个虚拟世界里就什么事都可能发生。

"什么药？"

"您的伤口该换药了。请您把衣服脱了。"

我不太敢在她面前脱衣服。害羞了几秒钟我才想起来，她只是电脑模拟出来的，而我的身体也不是真实的。于是我脱去了那件类似睡衣的拖地薄长袍。我惊讶地发现，我的虚拟身体几乎全部被绷带缠了起来，就跟埃及的木乃伊一样。

"来，把这个喝了！"阿兰迪尔说着递给我一个装着油性液体的容器，"它味道不好，但是能缓解疼痛。"

其实我根本没有味觉，而且我很想感受疼痛，因为这表明我的身体还在，但我什么也没说，只是默默地把药水喝了。事实上，我确实没尝出味道，但是能感觉到一股暖意在我的身体里扩散。除此之

[①]卡斯帕·大卫·弗里德里希，德国早期浪漫主义风景画家。

外,我还感到一阵眩晕。

"您躺下来吧。"

我听话地躺下了,看着她熟练又小心地拆换绷带。她的每个动作都很真实。有几次当她把绷带从我受伤的部位取下的时候,我甚至因为疼痛而抽搐了几下。她每次都担心地看着我,为她的笨拙向我道歉。

无论我多么努力地提醒自己,我还是越来越觉得阿兰迪尔不像是一个非玩家角色——不像是个仅用电脑模拟出来的、没有感情、没有感觉、没有智力的生物。她在各个方面都像是一个人,而且是一个十分友好的人。

"谢谢。"我说,她已经把我所有的伤口都涂上了清凉的绿色草药膏,又重新用绷带缠好,"现在我感觉自己不像是被废品液压机处理过的了。"

"这让我很高兴,曼努埃尔。"她笑容转瞬即逝,反而皱起了眉头,看起来忧心忡忡,"您马上就要回去参加战斗了吗?"她话里有话,让我感到有些困惑,但我不知道她到底想说什么。"这不就是我在这里的任务吗?"我问。

"这个我无从判断。但是我……不希望您出事。"

一个并不美好的念头从我脑中闪过。"别担心,《魔兽世界》我玩得可好了。"我随口说道。

"这可不是游戏,曼努埃尔。如果您再次被食人妖抓住,我不知道我的医术还能不能保住您的性命。"

我知道了!

"等等。你怎么会知道《魔兽世界》?你为什么知道人被废品液压机压住是什么感觉?"

"什么?不,您误会我了。我只是一个女仆而已,我不懂您说的那些东西。"

"吻我,阿兰迪尔!"

她瞪大了眼睛,好像被这个要求吓住了。但她还是俯下身,双臂环绕着我的脖子,闭上眼睛,把嘴唇贴近我的脸。我能感觉到她温暖的呼吸。

"我爱你,曼努埃尔。"她起身时轻柔地说。

谎言就像匕首一样刺痛了我的心。我真是个天真的傻瓜。我用尽全力把她一推,她向后一仰,跟跄了几步,摔倒在地。

她睁大眼睛望着我:"曼努埃尔,这……这是什么意思?你不想这样吗?"

"我不想怎样?"我的电脑声音掩饰了我的愤怒。

"不想我们……你和我……我们会幸福的!"

"我们会幸福,是吗?我不信!你到底是谁?"

"我不明白你要……您什么意思,主人?"

"是吗?我觉得你很明白,太明白了!有一阵子我真以为你是一个设计得相当精妙的人工智能人,但现在真相大白了。是谁在这儿操控你的？伊娃，是不是你？让我爱上一个空洞的皮囊，这是不是你的主意？"

就在这时，伊娃走进了房间："曼努埃尔！阿兰迪尔！到底怎么了？我听到有声音……"

"那就是一个巧合呗！"我尽可能轻蔑地说，即使别人听不出来。

"曼努埃尔，不是你想的那样。"阿兰迪尔想要解释。她的声音现在听上去完全不一样了，既不是精灵那样的合成声音，也不是伊娃那样的声音。那毫无疑问是一个对我来说陌生的女声。

"那是怎样？你到底是谁？"

"我叫卡特琳。"她小声地说，"我是开发中土世界团队里的一名设计师。你的父亲让我来扮演阿兰迪尔这个角色。他希望你在这个世界里有一个女朋友——一个懂你的、真正的女朋友。让你爱上我并不是他的目的。但是当你让我吻你的时候，我想……对……对不起，如果我伤害了你的话。"

"这话你可以跟圣诞老人或者跟托尔金童话王国里随便什么角色去说。伊娃，我要回白色房间，立刻！"

第十三章
合 伙 人

我又回到了我的虚拟"牢房"。墙面一片空白。没有声音,也没有风。我得到了我想要的,但代价呢?

他们劝了我足有半个小时:我的父亲、伊娃、皮特和这个卡特琳。他们向我许诺,希望能得到我的原谅,他们惊慌失措地恳请我留在中土世界,但这只能让我的决心更加坚定。

但是现在我所在的房间对我来说太过逼仄,发光的墙壁似乎在慢慢收拢,要把我挤碎。我强烈地需要用一些图片把它们填满,以消除这种空虚的感觉。但我还是遏制住了冲动。我必须设法清醒一下。

Cogito ergo sum.——我思故我在。这是法国哲学家勒内·笛卡儿的名言。出于某种原因——也许我在学校做过相关的报告——我知道这句拉丁语出自他的《谈谈方法》,我甚至可以背诵与之相关的一段重要论述。有某个欺骗者或另一个极强大、极狡猾者不断地用他的足智多谋欺骗着我，那么即使在他欺骗我的时候我也是存在的。他可以随意欺骗我，但只要我想到我是某种东西，他即永远不可能使我什么也不是。

笛卡儿应该会喜欢这个白色房间。在这里，感官受到的欺骗是很明显的：我看到、听到、感觉到的东西都不是真实的。我不能相信我的任何感觉。我尝试忽视这一切，但是阿兰迪尔的谎言又让我睁开了双眼。我就是个白痴！相信所谓超级聪明的人工智能人，这比上半兽人的当可蠢多了。

也许他们都是善意的。如果生活在一个所有人对我只抱有善意的世界里，这样的生活意义何在？如果生活在一个连电脑程序都不能相信只是电脑程序的世界里，这样的生活意义何在？如果我在这个世界可以不像无助地躺在摇篮里、毫无独立希望的婴儿一般生活，我又会是什么样子？我的生活意味着什么，又会有什么样的意义？沉重的伤感侵袭着我。我希望此时此刻能给我无助而没有尊严的生活画上一个句号，但是我其至连这个都做不到。

皮特的虚拟形象出现了："你好，曼努埃尔。感觉怎么样？"

"别来烦我！"

"要不我把摄像眼镜戴上，我们出去散散步？外面天气可好了！"

"不用，谢谢。我宁愿一个人待着。"

"好吧。"他无奈地说完就消失了。

我不再相信他了。这样其实不太公平,皮特并没做什么。阿兰迪尔这件事绝对是伊娃的主意,或者也有可能是我父亲的主意,但绝对不可能是他的。但是我确信皮特对此是知情的,他什么都没告诉我。这个骗局不是他策划的,但他也有份参与。即便他是出于好心,我也无法原谅他。不过他的建议倒是让我有了一个想法。

"爱丽丝,几点了?"当我开口说话的时候,我不禁自问,是不是爱丽丝的背后其实也藏着一个人,这人还要故意装出笨笨的样子。

"现在是二十点十四分。"

"打开眼流。"

虽然我还是找不到克莱恩·特芙林,但是现在汉堡有足够多的用户在线直播。他们证明了皮特的说法。这是一个美好的夜晚,气象信息显示,室外差不多是20℃。这时,在城市公园烧烤再完美不过了。不巧的是,现在没有人在城市公园直播,但幸运的是,我还有别的办法。

"爱丽丝,自动驾驶模式一。"

汽车的控制面板出现在房间的一面墙上。汽车停在车库。我发动了引擎。车库门自动打开。

二十分钟后,汽车停在了城市公园的边上。我启动无人机,让它上升到三十米的高度,飞过一条宽阔的街道,到达了公园。公园被夕阳笼罩着。无人机像鸟儿一样慢慢地滑过树梢,这种感觉好奇特,不,我觉得自己更像一个幽灵。

在一片大草坪上,有十几个人围着个一次性烧烤炉聚餐。我控制着无人机,以便能够慢慢地看清他们。有一些人注意到我了,他们带着又好奇又有些愤怒的表情望向天空。一个留着胡子的年轻人用右手朝无人机的方向做了一个清晰的手势。

不久后,我发现了茉莉亚,她好奇地抬头看着我。当我认出她的时候,好像感觉到一股电流穿过我的身体。她坐在毯子上,旁边的男人戴着鸭舌帽,我认不出他的脸。

她朝我挥手。她会知道这是我吗?不会,当然不会。和那个对我竖中指的男人相比,她只是对一个陌生的无人机显得友好一些而已。我找到她了!我现在该做什么呢?我无法跟她交流。即便如此,我还是降低了无人机的高度,直到我悬在她面前。

"曼努埃尔,是你吗?"她大声地问。

为了表示点头,我让无人机多次短暂地上升又下降。

"哦,天哪,曼努埃尔!"她哭了出来。

她旁边的那个男人突然伸手去抓无人机。没等我操作无人机逃开他的"魔爪",他已经把无人机抓在了手里,并把摄像头对准他自己。他留着花白的络腮胡子,戴着一副宽框眼镜。我感觉以前见过他。他的黑色 T 恤上画着一只拿怀表的兔子,下面写着一行字:Follow me into the rabbit hole.[①]对,出自《爱丽丝漫游奇境》。我问自

[①] 直译为"跟着我进入兔子洞"。

己,我是从哪儿知道这本书的,是我小时候妈妈给我念过,还是我自己读过呢?

"我们没有太多时间,曼努埃尔。"这个男人说,"我叫马腾·拉法伊,是亨宁·雅斯佩斯的合伙人。亨宁就是那个控制你的人。不管他跟你说什么,都不要相信,他只是在利用你。听着,如果我们要不受干扰地对话,你得先说出一段密码。这段密码是……"

显示无人机摄像画面的那面墙突然变成了白色,上面有一条信息:连接已断开。

"爱丽丝,激活自动驾驶模式四。"

"无法连接到自动驾驶模式四。"

"自动驾驶模式一"

"无法连接到自动驾驶模式一"

我父亲的脸出现在墙上。他看上去很不开心。

"曼努埃尔!我们不是说好了吗,你不会再尝试跟别人联系了。"

"马腾·拉法伊是谁?"

他叹了口气:"他以前是我的合伙人,我们一起创建了暗星工作室。他是首席研发官,一个聪明人。但是不知从什么时候起,也许因为压力太大,他出现了妄想,觉得我会欺骗他,在他背后煽动同事反对他。这些'罪名'都是他强加于我的。我一直支持他,并且尽我所能地帮助他,但是对这个团队来说,他渐渐成了负担。为了避免对公司造成进一步的损害,最后我们不得不跟他分开。你也许能想到,他对此很不高兴。我问过自己很多次,他是否……但这么猜测过于鲁莽,我对此并没有具体的证据。"

"你对什么没有证据?"

"对他是不是袭击你母亲和你的幕后黑手。他拥有攻破我们安保系统所需的专业知识,很可能就是他。不,肯定是这个男人,这个与以前不同的男人。我们曾经是最好的朋友,但是如今他已经变了。"

"警方没有调查过他吗?"

"调查过,当然。就像我刚才说的,警方没有找到具体的证据。虽然他现在疯疯癫癫的,但他依然是个聪明人。对警方来说,他可能过于狡猾了。"

"他和茱莉亚有什么关系?"

"我不知道。看起来他是利用了茱莉亚来跟你建立联系。不知道他是如何得知你在试图联系茱莉亚的,但这也并不重要。他一定是想利用你侵入我们的系统。那段密码就是证据。"

"你一直在监视我吗?"

"我没有,伊娃一直在看。她的任务就是帮助你重新'站起来',过上有尊严的人类生活。为此,她必须知道你感觉到了什么和你在做什么。可惜她没有立刻认出马腾。"

"你们为什么要监视我?"

"你在想什么呢,我的儿子？你躺在一个受到多重保护的房间里,那里运用了迄今为止用于维持人类生命的最复杂的技术。为了确保你的大脑和虚拟系统的接口能正常工作,不会出现炎症或排异反应,有一支医疗团队一直在那里忙碌。你自然是处在持续的观察中。只有这样我们才能维系你的生命。"

"我是说这里,在这个虚拟空间。"

"这也是其中的一部分。通过你的行为方式,我们可以知道你的状况是否良好。我以为这些你都清楚。"

当然,这显而易见。我真的想过在这里能拥有像隐私这样的东西吗？我根本没考虑过这些。现在我感觉自己被愚弄了,觉得自己相当蠢。

"那段密码意味着什么？"

"马腾开发了这套虚拟系统的基础模块。当他的妄想症恶化后,他在程序代码中创建了一个后门,马腾可以通过它关闭独立的安全系统。这套系统可以监视所有的外部访问信息,一旦遇到异常情况,它就能立即发出警报。为了激活这个后门,就需要在虚拟世界里说出一段特定的密码。如果他能成功说服某人提供帮助,那他就可以随时访问我们的服务器,这会给我们造成巨大的损失。"

"谁可以帮他？"

"他可能觉得之前的某个同事可以帮他。也许他尝试过几次,但是同事们自然都知道他是个精神病患者,所以他一定会想办法找你试一试。你不记得他,对他的疾病也一无所知。他必须要让你相信我是你的敌人,而他是唯一可以帮助你的人。"

"你是怎么知道这一切的?"

"马腾很聪明,但他不是'暗星'唯一的聪明人。我们的安全总监发现了这个恶意代码,早就删除了。即使他把那段密码告诉你,你说了出来,也依然不会有任何事情发生。顺便说一句,那段密码就是'Follow me into the rabbit hole'。"

"他穿的 T 恤上就有这句话。"

"没错。假如他没法儿告诉你,他也可以期望你能自己想到并把这句话说出来。"

"所以你们才切断了摄像信号?"

"如果仅仅是这个原因的话,我就不会告诉你他想说什么了。刚才我已经说了,我们早就发现了恶意代码,并且已经删除了。"

"那为什么切断信号?"

"他的妄想威胁到了你,你觉得我会袖手旁观吗?你所承受的已经够多了,我的儿子。我会报警,警察会再次教育他的。也许这样就能发现他在幕后指使别人对你母亲进行谋杀的证据了。无论如何,你得向我保证,不再尝试与他联系。"

"我还能怎么联系?"我问,我确信即使中性的电脑声音也能表达出我话语中的苦涩,"我被全天候监控着,只要他出现在摄像画面里,你们就会切断连接。"

"他已经做到了吗？"我父亲试探道。我能听得出他的疲惫和深深的悲伤，"他已经把妄想传染给你了？还让你对我的人品产生了怀疑？儿子，你不再相信我了吗？"

"爸爸，我该如何知道什么是对，什么是错？"我问。我想痛哭一场，但是流泪已经是我的奢望了。"没有记忆，没有可靠的感官，我怎么才能区分谎言与真相、疯癫与理性？"

他沉默地看了我一会儿，似乎非常失望。接着他点点头："我想我理解你的意思。相信你自己的判断，儿子。如果你还无法分辨，那你可以怀疑我，但是千万不要草率行事。别让自己被那个男人利用了，他可能是杀害你妈妈的凶手，也许他就是那个应该为你的现状负责的人！"

说完，父亲就断开了连接，把悲伤而无助的我留在了白色房间里。

第十四章
字母与涂鸦

我的父亲让我不要草率行事，这对我来说近乎嘲讽。我要做出什么事才能算得上"草率"呢？我什么都做不了，完全做不了任何事。

我通过互联网做了一些调查工作、在眼流上随机地看看直播、读一些关于意识昏迷者的电子书，日子就这么一天天过去了。没有任何东西能帮我解开心结，能让我内心平静。我再也无法使用那辆越野车和那架无人机了。我的父亲声称无人机已经被马腾弄坏了，越野车现在也不足以抵御黑客的攻击，所以他就把与汽车的网络连接暂时断开了。事实上，他是要阻止我同茱莉亚或者马腾再次取得联系，反正我是这么认为的。或者说，我也变得跟马腾似的妄想了？但是遇到我这样的情况，谁能不产生妄想呢？

伊娃、我父亲、皮特，甚至卡特琳都在尽力让我快乐起来。不知何时，他们不再试图劝我回到中土世界了，而是努力地想要陪伴我,想让我好过一些,结果却适得其反。我无法忍受他们的同情,因此我拒绝跟他们说话,或者说我根本就不想看见他们。他们是让虚拟形象出现在这里,还是在外面偷偷地观察我,这两者又有什么区别呢?

我尝试用娱乐活动来分散自己的注意力:看故事片、纪录片、电视剧,看书,听音乐,甚至玩电脑游戏。这里有人类创造出的一切东西,但是没有什么能让我着迷,也没有什么能缓解我内心的不安。大多数情况下,没有几分钟我就放弃娱乐了。

我的脑中一直有两种想法在不断对抗,这种难以忍受的状况持续得越久,对抗的次数就越发频繁:我是不是应该接受命运,再一次回到中土世界去?这次也许就是永远留在那里了,可这对我来说无异于投降。即使我始终愿意相信他们是为了我好,我也不会为他们的胜利感到高兴。一切还没有结束。

几天后,我转而尝试进入"入定"状态:我把眼流上的直播投影在房间的每一面墙上,我看着陌生人的生活,什么都不想。我试图消解自己的意识、把自己跟直播者的意识相融合,这样我就感觉不到自己的现状有多么悲惨了。"入定"的效果至少还算过得去。

我忽然惊醒过来。我不知道自己处于这种类似神志不清的状态有多久了,但是现在我清醒了——有个东西在那儿,摄像画面上的某个细节引起了我的注意。那是什么呢?

现在我有意识地仔细看那些直播画面:六个画面上都是汉堡

市的场景。这些直播是我自己选的吗?还是说这是眼流的某种功能,它自动向我推荐那些我可能会感兴趣的直播?我不知道。

其中一个直播是从一艘小船的视角拍摄的阿尔斯特湖外湖。天气很好,加上正好是周日,湖面上有很多五颜六色的帆船,一艘轮船正从这些帆船中穿行而过。对我而言,画面上并无异常。

第二个直播来自市政厅广场,一个年轻的亚洲女人正用中文说着什么。我在她身后的人群中看到什么了吗?我寻找着熟悉的面孔或者一个穿白色衣服的女人——但什么也没找到。

一个直播者正在一艘往返于观光港口的游船上。旁边有大船经过时,这艘挤满游客的小游船就会被涌来的浪冲击得上下颠簸。船上导游的解说我不怎么听得懂。这儿也没有值得我关注的东西。

另一个画面中,几个男孩在球场上踢球。他们跟我差不多大。一个金色鬈发的高个子带球向对方球门冲去,他闪过一名后卫,然后射门。可是球飞过了横梁,打在有着涂鸦的墙上。

然后,我看见它了:其中一幅涂鸦是一只拿着怀表的白色兔子,就跟马腾T恤上的图案一样。兔子戴着眼镜,脖子上有一条金项链,项链上挂着一个字母"C"。

我继续盯着画面,但其实已经心不在焉了。如果这是一个专门给我的讯息该怎么办?冷静地想一想,这似乎不太可能,但我的确认出了画面中的一个符号,除此之外我还能怎么想呢?虽然我也担心父亲所说,马腾·拉法伊可能只是想利用我实现他自己的目的,但我的内心还是激动不已。如果这只兔子是马腾或者干脆就是茱莉亚画在墙上的,使我能在偶然间发现它呢?如果真是这样,那么应该还会有更多类似的线索。

可不能让我父亲和其他人对此有所觉察,因为他们一旦发现,就会禁止我访问眼流。虽然我所看到的他们都能看到,但是不能让他们知道我从中得出了什么结论。我必须要小心行事。

我迅速切换了新的直播画面。我要继续维持之前那种对外界消极的反应。但是我的内心不再是对一切都无所谓的"入定"状态,而是聚精会神。每当有涂鸦的墙进入我的视线,我都会紧张起来。后来我意识到他们也许能检测出这种神经反应,我就努力让自己表现得不动声色。

几个小时过去了,我并没发现另一只拿着怀表的兔子。渐渐地,我不再那么确定那个涂鸦就是专门画给我的了。然而,我注意到了另一个让我感到兴奋的东西:在一个旧仓库生锈的大门上,一只咧嘴大笑的猫十分显眼。猫紫色毛皮上的部分深色条纹形成了字母"O"。

这个画面让我意识到我找错方向了。如果汉堡市突然到处出现了白兔的涂鸦,那就太引人注目了。马腾如果想跟我取得联系,那他要做得更巧妙、周密一些。那只兔子只不过是他用来引领我找到密码的一条线索——《爱丽丝漫游奇境》中的形象。这只会笑的猫也是这本书中的形象。我不清楚马腾为什么确信我了解这个故事,也许我曾经跟他提起过,或者他曾经送过我这本书。

我现在知道该留意什么了,这样一来,从画面中发现隐藏的符号就变得容易多了。那儿有张扑克牌,是一张红心皇后,但是位于四个角的字母并不是"Q",而是字母"G"。过了一会儿,我在街道旁的一面隔音墙上看见一个朴素的黑色圆柱体,这一定代表了疯帽匠,它上面有一个白色的字母"R"。

"COGR",无论它们有什么意义,都跟马腾T恤上的那句话对不上。"Follow me into the rabbit hole"里既没有字母"G"也没有字母"C"。

我一边寻找《爱丽丝漫游奇境》里的形象,一边思考马腾是怎么安排这一切的。如果他真如我父亲说的那么聪明,那为什么要把密码印在T恤上呢?这样不是太明显了吗?但是如果那句话不是真正的密码,那么安全专家发现的恶意代码就不过是个障眼法——因为马腾已经设置了另一条,而且是隐藏得更好的代码。也许他只是想通过这件T恤给我一个提示,让我知道应该注意什么。"Follow me into the rabbit hole."这句话听上去像是对我的邀请。我现在还远远没有得到解开这个谜题所需要的全部信息,但是可以肯定的是,确实有人把加密的信息隐藏在城市的各个角落。我终于有了工作、任务和目标。

当然,我必须很有耐心。我又看了好几个小时的直播,才找到了刘易斯·卡罗尔故事中的另一个形象,我的耐心总算得到了回报。那是一只抽着水烟吞云吐雾的蓝色毛毛虫。它吐出来的部分烟雾像是字母"T"的形状。

"你感觉如何,曼努埃尔?"

我惊恐地转过身。伊娃的虚拟形象在我身后。

"你非要这样突然出现吗?"

"对不起。我们就是想知道你在干什么。"

"我在干什么?这是在开玩笑吗?"

"不,完全不是。"

"我站在这儿着看直播。当然,我也可以去外面散散步,但是这会儿我正好没兴趣。"

"收起你的嘲讽吧,曼努埃尔。你拥有这个世界上的所有可能性。半身不遂的患者有几十万,他们都愿意来跟你交换人生。"

"我也愿意跟他们交换,如果那样能让我看到、闻到、尝到现实的话。"

"你可以回到中土世界。"

"行了,别再说了。"

"好吧,但是我们都很担心你。"

"嗯,好。但是别担心,我没事。"

"你的脑电波波形有些奇怪。"

我感到后背涌上一阵寒意。他们难道已经可以读出我的想法了吗?"哪里奇怪?"

"过去几天你看直播的时候一直很消极,类似一种"入定"状态,我们测到的脑电波基本都是 θ 波,这是一种处于催眠或者睡前状态的典型波形。但是最近你似乎清醒过来了,就像在忙着做什么事。"

我只能现编了:"我很无聊,就设计了一个游戏。我新打开一个直播,确认画面中让我注意到的第一个东西——比如那辆正通过路口的消防车——我要在另外一个直播画面中找到跟它相似的东西,就像在玩单机版的电脑游戏。"

"如果你想玩电脑游戏的话,我们有很多可供你选择的。"

"我知道,但这是一个跟现实有关的游戏,我玩得很开心。"

"曼努埃尔,我不是在逼你,但是如果你能在你父亲专门为你创造的世界里再给我们一次机会的话,那么……"

"谢谢你没有逼我,伊娃。也许以后吧,我还没想那么远。现在如果你能让我一个人待会儿就太好了。"

"好的。"听上去她有些委屈,但她还是无声无息地消失了。

该死!我必须得小心点。他们现在肯定盯紧了我,看我想要做什么。一旦我发现一个新的符号,他们也许就能通过脑电波的变化察觉出来。如果让他们发现了真相,那一切就完了。

我被自己的念头吓到了。我真的把我唯一能联系到的这群人当成对手了吗?我不是很喜欢伊娃,但是她对我还不错,到现在为止也没有任何理由要与她为敌。更不用说我父亲和皮特了,他们对我真的很好。但是从另一方面来说，他们每个人都在控制我的行动。会不会马腾说的才是事实，而他们是在欺骗我？

想要找到答案，唯一的办法就是破解密码，但是如果我会因此造成可怕的损失该怎么办？如果那个声称是我父亲的男人真的是我父亲，那我岂不让那个疯子得逞了？马腾可能真的想把我当作"武器"来对付前合伙人。如果母亲真的是他杀的……

不过，我也只是从理论上去考虑这两种情况，只要我不知道密码，我就不必着急决定相信哪一边。

于是我继续寻找。不久之后我又找到了一个形象：一只长着牛头的甲鱼，在书里面叫作"素甲鱼"。它的壳上有一个大写的字母"U"。我努力保持平静，一边看着街道的直播画面，一边在脑子里把我已经收集到的字母组合起来：COGRTU。它看起来不像是任何一个熟悉的单词，当然了，这些字母肯定也不是按正确的顺序出现的，因为马腾不可能知道它们会在什么时候在哪个直播画面中出现。因此我尝试了其他几种组合：GORTUC、ROCGUT、URGOCT。不对，这些都不对。

直播画面一个接一个地在墙上闪烁着，这个房间对我而言就像整个宇宙。过了一会儿，我真的玩起了刚才我临时想出来的那个游戏，还挺有意思的。

当我从直播画面中寻找一个穿红鞋的女人时，一辆有轨电车经过，虽然只有短短几秒钟，但我看见了车身上的涂鸦，那是一只奇特的鸟,它看上去可笑而笨拙,像是将老鹰和鸭子拼在了一起。那一定是渡渡鸟,刘易斯·卡罗尔故事里的又一个形象。它的嘴里叼着一条虫,虫子弯成了字母"G"的形状。

COGRTUG。也没有什么进展,但我有了一个想法。渡渡鸟是在爱丽丝掉进由她的眼泪变成的池塘时出现的,在故事里算是相对较早出场的。如果马腾给每个字母都对应了书中的一个形象,那么字母的顺序是否要对应着该形象在书中的出场顺序呢?

我试了一下。第一个出场的是兔子,所以 C 就排在第一位。接下来依次出场的是渡渡鸟、毛毛虫、柴郡猫、疯帽匠、红心皇后和素甲鱼,那就是"CGTORGU"。看起来并不是很有用,但是我必须假定一个前提——我还没有找到所有的符号。比如可能还缺蜥蜴比尔、三月兔,还有爱丽丝坠入奇境后遇到的第一个生物——老鼠。在我找到的字母之间还缺一些字母:C、G、T、O、R、G、U……

我漫无目的地往空格里填着各种元音和辅音,忽然灵感闪现:在无数种可能的组合中,一个句子跳了出来,它跟这些字母以及我的处境完美匹配。我找到答案了!

127

第十五章
另一番"事实"

COGITO ERGO SUM.我思故我在。这就是马腾想传递给我的讯息。他似乎很了解我现在所处的两难境地:除了"我存在"这一事实外,我无法确知其他任何事。我的感官可能会欺骗我。只有我自己的存在是确定的。

但是我真的被骗了吗?仅仅因为有这种可能,并不意味着事实就是如此。勒内·笛卡儿决定怀疑一切,为此还想象出了一个全能的妖怪。但他只是想象妖怪给他虚构了一个世界,并不真的认为如此——对他来说这只是一个思维游戏。对我而言却正相反,这是一个苦涩的事实:我看见的所有都不过是一个白色房间墙上的投影。我甚至无法确定眼流里的直播视频是不是由真人拍摄的、是不是真的展现了一个真实存在的世界。只有我的思考是真实的,可它该如何帮我弄清楚我又该怎么做呢?

如果我说出了密码,那意味着我选择激活马腾·拉法伊的隐藏程序。一旦密码有效,我所谓的父亲一定会知道我欺骗了他。不管怎样,我无法预估这么做会带来的后果,我也无法撤回这个决定。在如此巨大的不确定性面前,我该如何选择?

但是我也不可能什么都不做。如果跟我交流的只有马腾一个人,那我就不会去冒这个险了。但是茱莉亚跟他在一起,我可以信任她,我就是这么觉得的。从另一方面来说,这种感觉当然也可能是一种错觉。即使我可以信任她,我又怎么知道马腾没有利用她呢?也许他对茱莉亚讲了一个关于我的悲惨的故事,并把她当作诱饵来引我上钩。

没有人能替我做决定。我也不能跟任何人谈论此事。但是在我做出不可撤销的决定之前,我还是可以尝试着收集尽可能多的信息。

"爱丽丝,关闭眼流。联系我的父亲。"

他的虚拟形象很快出现在白色房间里。伊娃、皮特和卡特琳没有出现,但我确信他们正在仔细地观察我。他们肯定注意到有什么事发生了,但可能还不知道到底发生了什么。希望他们不知道。

"你好,我的儿子。我能帮你做点什么?"

"我希望你能告诉我茱莉亚是谁。"

"你知道的,我不能说,曼努埃尔。"

"她说她是我的妹妹。为什么她会这么说?"

"这些我们都已经讨论过了。不管她是谁,她一定不是你的妹

129

妹。"

"为什么我确信我认识她而且可以信任她？为什么你们一定要阻止我们接触？"

"我们没想阻止。"

"没有吗？我刚跟她联系上，连接就突然中断了，而且她的尼莫聊天儿室账号也意外地被注销了。当我在公园再次见到她的时候，你以前的合伙人马腾·拉法伊跟她在一起。我试着跟她说话，你却又一次中断了连接。之后你又夺走了无人机和汽车，这样我就没法儿再找到她了。你说你们没想阻止我们接触，那请你跟我解释一下吧。"

"从你的视角出发，这一切看起来的确很奇怪，曼努埃尔。但是你不了解马腾，他为了与想象出来的黑暗力量做斗争，是毫无底线的。当他知道你爱上了一个女孩，他会毫不在乎地去利用她的。"

"爱上她？你怎么会这么想？"

"在我看来，这是你非要再见到她的唯一原因。"

"胡扯！我没有爱上她！我只想知道是怎么认识她的。"

"你并不认识她，曼努埃尔。你只是觉得你认识她。你的记忆受损，以前生活里出现过的人你一个都不认识了。这很让人伤心，但这是真的。"

我沉默了一小会儿，与此同时我做了一个决定。然后我点了点自己虚拟的脑袋。

"你是对的,我什么人都不认识。我也不知道你是谁,但我知道你不是我的父亲。"

伊娃的虚拟形象出现在房间里:"曼努埃尔,你怎么能这么说?!"

"请别掺和进来,伊娃。如果有个人可能能帮助我记起以前的生活,我父亲是不会阻止我和那人接触的。他会帮我建立联系,而不是切断它。"

"你很清楚这不可能,曼努埃尔。"伊娃回答,"你再也无法记起以前的事了,因为你的记忆被不可逆地破坏了。这个茱莉亚不过是一个碰巧触发了你既视感的女孩罢了。"

"如果真如你所说,你们就更没必要阻止我俩接触了。"

"但是马腾在那儿呀!他在利用她,你没看出来吗?"

"那让我跟马腾聊聊。"

"绝对不行!"我所谓的父亲插手干预了,"他会把妄想症传染给你的!他已经这么做了。"

"也许我们应该让他跟马腾聊聊。"伊娃提出了不同的意见,这让我感到些许不安,"曼努埃尔现在并不信任我们,跟他聊聊也不会更糟了。"

"不,我不同意!"亨宁·雅斯佩斯回答道。

"我觉得你阻止不了我。"我用毫无感情的电脑声音回应,"Cogito ergo sum!"

"什么？"那个假称是我父亲的男人问道。

我没有机会回答他的问题。我脚下发亮的地板上出现了一块圆形的黑斑，它迅速变大。不，它不是投在地面上的影像，而是一个洞。它像旋涡一样，把我吸了进去。

有那么一会儿，只有黑暗笼罩着我。后来周围亮了起来，我发现自己在一个陌生的房间里。我的面前是一张写字桌，桌子对面坐着一个壮实的大胡子男人：马腾·拉法伊。他面前有一个键盘，他正看着我。我知道我正通过一个摄像头在看他，摄像头应该就安装在他电脑的显示器上。他的身后是一面还没有抹上水泥的砖墙，我还能看到粗大的木质桁架。透过墙上的窗户，能看见窗外有一片游荡着几头牛的草地。

我试着转了转头，不过摄像画面并没有动。

茱莉亚出现了。她俯身靠在马腾的肩膀上，盯着我看。"他能看见我们吗？"她问。

"可以。"马腾肯定地说。

"你好，曼努埃尔！"茱莉亚说，"你能听见我说话吗？"

"可以。"我回答。

我不确定我的声音是如何传过去的，但是显然茱莉亚听到了我的话，因为她笑得很开心，虽然她的眼泪也在此刻夺眶而出。"你真的是曼努埃尔？"

"我……我不确定自己是谁。"

"我必须得说,你真的令我印象深刻呀!"马腾说,"我没想到你这么快就把这个谜题解出来了。"

"老实说,我还不是很确定到底应不应该解出这个谜题。"我回答,"我的父亲说,您只是想利用我来向他复仇。"

"他不是你的父亲,曼努埃尔。"茱莉亚说,"我们的父母很早就去世了。"

"我什么都记不起来了,我如何确认你说的是事实?又该如何确认你真是我妹妹?"

"我当然是你妹妹。你能感觉到这点,否则你就不会激活马腾的程序了。相信你的判断,曼努埃尔!"

"关于我的事,亨宁都跟你说了什么?"马腾问。

"他说,您以前是他的合伙人,是一个聪明的研发官。后来您得了妄想症,变得偏执,所以他必须跟您分道扬镳。您尝试着向他复仇,为此想要利用我。您曾参与这个虚拟系统的开发,还给系统留了一个后门,但已经被他的安全人员找到了。还有,您可能是杀害我母亲的凶手。"

"嗯,聪明。那关于茱莉亚他是怎么说的?"

"他觉得,我对茱莉亚有似曾相识的感觉是我大脑的恶作剧,是一种既视感。"

"这个浑蛋!"茱莉亚大声喊道。

"冷静点,茱莉亚。一个好的谎言就是这样,他跟你说的或多或少都跟真相沾点边儿。的确,我们曾经是合伙人,一起创建了'暗星'。后门的事情也是对的,只不过他的人只找到了我设置的部分代码,否则我们就没法儿在这儿对话了。我的确压力很大,但是说我谋杀你母亲,这就完全属于胡说八道了。亨宁·雅斯佩斯从未结过婚,也没有儿子。你身处虚拟世界,而且没有记忆,他编了这么个故事,就是为了让你能接受这一现状。"

"我很好奇,他为什么要这么做呢?"

"就像我说的,亨宁和我创建了'暗星',并因此变得富有。但是我们并不满足于设计游戏,我们共同致力于实现更好的人机交互。我们希望能让人更真实地体验虚拟世界。后来我们想到要开发人脑和电脑之间的直接接口。这个想法并不新颖,它已经成功应用在医学研究领域了。我们听说了一些不可思议的成功案例,比如让盲人重见光明,让截瘫患者通过意志控制电脑。我们将它称为'神经接口',并建立了一家研究院专门进行研究。"

"我是你们的一个病人?"

"我一会儿再回答你这个问题。重要的是,在如何应用这项技术上我跟亨宁渐渐有了分歧。我更希望用这项技术帮助患有严重疾病的人,亨宁则完全不同,他想要创造一个体验起来跟现实世界毫无差别的完美的虚拟世界,就像《黑客帝国》那样。"

"就像那部电影一样?"

"对,没错。你看过那部电影吗?"

"我不确定。我知道电影讲的是什么,感觉好像在哪儿读过剧情似的。"

"总之,亨宁想要脱离这个现实世界,摆脱自己的肉体,在虚拟世界过上更好的生活,这就是他真正的目的。他想借此解决那个困扰人类已久的问题——死亡。即使利用先进的医学技术,人也不可能随意地延长寿命。假设你本来能活到一百岁,要是赶上医学进步,你也许就能活到一百二十岁。但是亨宁想活一千岁。起初我以为他在开玩笑,但没想到他是认真的。"

"我还是没明白这跟我有什么关系?"

"稍等一下。你首先得明白他的动机。事实上,确实有研究者宣称,如果可以把一个人大脑的意识提取出来,生成一个完美的副本,并把它上传到运行能力与之匹配的电脑里,那么这个人就相当于实现了'永生'。但这简直就是胡扯。因为即使把这个副本称为'人',这个'副本人'跟'原版人'依然不可能是同一个'人'。如果我能站在这儿跟我的副本聊天儿,那这个副本怎样才算成了'我'呢?亨宁曾经这么问过我,我觉得他的看法是对的。此外,他相信要给如此复杂的大脑做出完美的副本是永远不可能的,至少在他的有生之年是这样。他的这个观点我也同意。所以,要实现他的疯狂计划,把他的寿命延长到原来的十倍,就只有一种方法——让他的大脑一直活着。"

"那怎么才能做到?"

"和其他身体器官一样,大脑也会随着年龄的增长而退化,比如阿尔茨海默病就是退化的表现之一。但是有的医生坚信,和心脏这样的器官相比,大脑的使用期限要明显长得多。亨宁认为,如果他能成功将大脑与身体完全剥离,并通过耐用的或者易于更换的人造器官给大脑供给养分,那么他的计划至少在理论上可以实现。他坚决要这么做。他痴迷于'永生'这个想法。"

"永生?您刚才不是说他想活到一千岁吗?"

"他希望在这一千年中,技术可以使他的寿命再延长一千年,这样一次次延续下去就能实现永生。事实上在他的设想中,他对自己的寿命并没有设限。其实你只要想想最近五十年来科技发展的速度,就知道这并非无稽之谈。"

"即便如此,听上去这还是太不可信了。"

"这么做当然会面临巨大的技术挑战,这也是我们俩反目的开端。我一直很清楚,我们所做的一切都必须征求当事人的同意,也要遵守法律,且不违反伦理。但是亨宁认为,如果这样的话,进展就太慢了。也许他说得也有道理吧。于是,他开始进行非法实验。他在患者不知情的情况下,给他们开通了'神经接口',结果引发了排异反应等副作用,差点儿还闹出了丑闻。曾有一位患者要起诉我们,但是被我们用巨额赔偿金封了口。后来,亨宁就事先给'卖家'钱,用来换取他们的无条件同意。"

"谁会为了钱去当小白鼠呢?"我问。可当我意识到答案时,我感到了一阵寒意。"除非这个人出卖的是别人而不是自己。茱莉亚，你刚才说我们的父母很早就去世了？这意味着我们俩是被收养的？"

她的脸色阴沉了下来："是的，我们是被收养的。我们的养父母是来自诺德施泰特的一对夫妇，他们没有自己的孩子。养父叫拉尔夫，是一名律师，他老婆叫比尔特，开了一家宠物美容沙龙。他们原本不坏，但是由于挥霍钱财而变得入不敷出，经济上有了极大困难。后来你癫痫发作了。当亨宁·雅斯佩斯告诉他们他不仅能把你治好，他们还能因此拿到钱时，他们想都没想就把字签了。我开始当然也不知道真相，我还以为这位好心的富豪是要帮助你。后来我被禁止去医院探望你了，那时我才察觉到有什么事不对头。但我能做什么呢？什么也做不了。后来伊丽丝告诉我有个叫曼努埃尔的人找她聊天儿，要跟我取得联系。当你通过尼莫聊天儿室给我发消息时，我还是不敢相信那真的是你。"

"伊丽丝就是克莱恩·特芙林？"

"是的，她在眼流上叫这个名字。"

"她有没有告诉你有人给了她两百欧元，她就把你的尼莫聊天儿室用户名告诉别人了？"

"什么？不会吧！但实际上也无所谓啦。她能这么做我还挺高兴的。后来连接中断了，之后你就没再联系过我。"

"那是因为你的尼莫聊天儿室账号忽然被注销了。"

"怎么可能？它一直能用啊？"

"他们能够过滤和操控你在网上看到的东西。"马腾解释道，"把一些信息屏蔽了不让你看，或者伪造一些信息让你看，这都易如反掌。"

当然。这就解释了为什么我突然就再也找不到"克莱恩·特芙林"和"茱莉2007"了。那些我和我所谓的母亲被袭击的新闻报道也是伪造的，前提是这两个人告诉我的是真相。

"无论如何，我总觉得哪里不对劲，而且这种感觉越发强烈。"茱莉亚继续说道，"我试着跟养父母谈论这件事，但是被他们拒绝了。接着我就开始研究亨宁·雅斯佩斯。我发现有个叫马腾的人跟他发生了争执并离开了公司，于是我决定联系马腾。当我告诉他发生了什么事后，马腾立刻就相信你是我的哥哥——就是被亨宁关了起来，还被用来做实验的我的哥哥！我们认为你也许会试着联系我们，于是就定期去城市公园里那个你第一次看见我的地方。我没有抱太大的希望，但这是我们唯一能做的事了。你足够聪明，所以这个办法奏效了。我一看见那架无人机，就知道是你在遥控它。我也不知道为什么，但事情就是这样。"

"你们为什么没报警？"

"事情没那么简单。"马腾解释道，"从表面上看，亨宁·雅斯佩斯做的是一件善事。他还有你养父母签署的书面同意书，可以对你进行手术。要证明他进行了不符合伦理的实验会经历复杂的司法诉讼程序,而他和他的律师会把这一过程拖得很漫长。除非你的直系亲属要求,否则只是给你安排一个鉴定师可能都要花上几年时间。而你的直系亲属就是你的养父母,他们已经被收买了。至于我——毕竟我曾与他是合伙人,我作为证人可信度也很有限。"

"那其他亲属呢?我们一定还有祖父母或者叔叔阿姨什么的。"

"爸爸来自波多黎各。"茱莉亚说,"那儿应该还有我们的亲人,但是我不认识,而且就算我认识,他们可能也帮不上什么忙。妈妈是独生女,她的父母已经去世了,否则我们可能会在他们身边长大。"

"我们的父母是怎么死的?"

"车祸。他们俩都喝了酒,妈妈不该开车的。"

"也就是说,没有人能帮我们,我们也什么都做不了了?"

"不,我们可以的!我们要带你离开那里。"

第十六章
秘 密 谋 划

"发生了什么?"亨宁·雅斯佩斯问,"你突然就消失了。"

我又回到了白色房间,他站在我身边。墙面还是一片空白,但是其中一面墙上现在嵌了一扇门。亨宁看不到这扇门,而我可以。只有我能通过这扇门。

"我怎么知道?"我回答道,"周围突然一片黑暗,也许你能想象出我有多害怕,我感觉像是被活埋了一样。"这个谎言是我跟马腾商量好的。说谎对我来说很容易,因为我的电脑声音不会流露任何情感。

他看了我一会儿:"我不知道你做了什么,我的儿子,但是我担心你把自己带入了巨大的危险之中。"

"我什么都没做。"

"别对我撒谎!你别忘了,我们一直在监测你的脑电波。我们已经把你连接到了全世界功能最强大的测谎仪上,所以你现在最好跟我说实话。"

"否则呢?"

他叹了口气:"曼努埃尔,这不是在玩游戏,这是件极其严肃的事情。马腾·拉法伊要向我复仇。我不知道他对你说了什么谎言,但是如果你宁愿相信他也不愿相信自己的父亲,那这个谎言一定非常有说服力。"

"你不是我的父亲。"我说。

"你怎么可以这么说?!"他激动地说,"你怎么可以说出这样的话,曼努埃尔?!在我为你做了这么多以后!在我承受了这么多以后!我们曾经一起站在你母亲的墓前,你还记得吗?"

"我记得我曾站在一座墓前,但是我不认为那里面躺着的是我的母亲。"

"我不想听了!我不知道马腾是怎么把你拉到他那边去的。你更愿意相信他,这让我很受伤,但是我会容忍!我会跟他说清楚,让他别再来打扰我们。在那之前,你在这里是安全的。对不起,曼努埃尔,你的特权暂时被取消了。我不能再允许你访问互联网了。你可以玩电脑游戏、看电影、读电子书,但你从现在开始不能再跟外界有任何联系。眼下我也不能允许你进入中土世界,因为我不知道那里是否安全。我们必须把整个系统再检查一遍。这可能需要几周,甚至是几个月。如果你能告诉我他是怎么跟你联系的,也许能帮到我们。你越早帮我们,我就能越早让你使用互联网。这样也许你很快就能跟茱莉亚聊天儿了。她不是你的妹妹,我也必须跟她说明白,她不可以再继续对你说谎。但也许她只是被马腾利用了而已,最后你们可能会成为朋友,谁知道呢。"

我沉默不语。这个男人试图以茱莉亚为诱饵把我拉进他的阵营,对我来说,这就是最终的证据,证明我的决定是对的。

"好吧,随便你吧。"他说,"这是你做出的决定。我希望你很快就能发现它是错的。再见,我的儿子。"

"再见。"

他的虚拟形象消失了,不过皮特随即出现了。

"嘿,曼努埃尔。这儿发生什么了?我还从来没见你父亲那么生气过。"

"他不是我父亲。"

"什么?你为什么这么想?"

"这都不重要。别来烦我!"

"听着,年轻人,我不知道你这是演的哪一出,但是我站在你这边。"

"你是那个声称是我父亲的人雇来的。有句话怎么说来着?拿人钱财,替人消灾。"

"不是这样的,我是个自由职业者,是一个独立的雇佣兵。这意味着我不能过于挑剔雇主,但是我也有自己的职业道德。没错,我们为付钱的人工作,但是如果可以避免,我们不会杀死无辜的人。"

"'如果可以避免',这听起来可真是一句万能的说辞。"

"可能是吧,但是我喜欢你。你现在的处境很艰难,如果让我发现有人只是在利用你,不管他是谁,我都会站在你这边。这一点你应该知道。"

"你跟我说这些,他也在听着吧?"

"你父亲正在跟他的律师打电话。"

"放弃吧,皮特。跟你在一起感觉很好,但我现在只能独自面对。你走吧。"

"好的。祝你好运,曼努埃尔。"

他刚走,伊娃的虚拟形象就出现了。他们还不死心吗?

"走开!"

"曼努埃尔,我只想跟你说,你在犯下大错。建立信任是很难的,但是毁掉它只需要几秒钟。也许现在去安抚你父亲还为时未晚。去跟他道歉,把真相告诉他,否则我也不知道会有什么后果。毕竟他每天要花很多钱来维持你的生命,以及为你打造这个奢华的虚拟世界。"

岂止是奢华?他虚拟的这一切简直是登峰造极!

"谢谢你的建议,最亲爱的伊娃,我会非常认真地考虑。好了,我已经考虑好了。我的答案就是:走开!"

她什么也没说,消失了。

伊娃直言不讳的警告令我感觉很不舒服。她当然是对的,亨宁可以直接把维持我生命的机器关掉。他会向我的养父母讲述一个悲伤的故事,说他为我付出了怎样的努力,然后再用钱让他们相信他的故事。游戏结束。

但是我要因此屈服吗?决不!如果我不过是一个可以被他随意进行实验的躯体,那我过的是什么样的生活?一旦他不再需要我,还是会毫不犹豫地抛弃我,那我宁愿现在就死去。

我又等了一会儿,看他们是否还会派人来说服我,让我相信我所谓的父亲是个好人,而马腾·拉法伊是个恶棍。但看起来他们暂时黔驴技穷了。于是我打开左边白墙上的门,走了进去。

这个房间比白色房间要小一些,看上去像一个指挥中心。跟白色房间里屏幕会占据整面墙不同,这里只在其中一面墙上安装了一些显示屏,它们一起拼成了一面长方形的大显示墙,最中间的显示屏大小是它周围显示屏的四倍。显示墙前面是一个操控台和一把办公椅,操控台上有按钮、键盘和一部老式电话。房间的地板看上去像是用灰色的塑料制成的。墙也涂成了灰色,上面挂着一些相框。照片上是孩童时期的我和另一个小女孩——显然是茉莉亚。看到她让我感觉非常放松。从理论上讲,这些照片可能也是伪造的,但是跟茉莉亚有深层联系的这种感觉毫无疑问是真实的。我知道我可以信任她。

其中一张照片上有我的养父母,他们抱着大约八岁的我和大约六岁的茉莉亚。这两个把我卖给亨宁的人对着镜头笑得非常开心。也许我此刻应该对他们感到愤怒,但是他们对我来说根本无关紧要。

另一张照片上的白衣女人则完全不同,我马上认出了她。她是我真正的母亲吗?如果是,那她早就已经去世了。在这一点上伊娃也许是对的,我的潜意识把她的形象投射到了陌生人身上,也许我是为了保存对她的回忆吧。

我转而注视着墙上的显示屏,上面显示着很多不同的场景,都是由固定在这座豪华别墅内外的摄像头拍摄的。其中一个场景是会议室,亨宁、皮特、伊娃、一个穿着不合体西装的微胖男人和一位穿白大褂儿、头发花白的医生围坐在一张大桌旁。操控台上有各种按钮,我可以把小显示屏上的画面切换到中间的大显示屏上。我选择了会议室的画面,还听到了声音。

"……地说,这是一个错误。""西装男"刚刚说完一句话。他的声音异常尖细,听起来跟女人差不多。"有谁知道这个黑客都做了什么?"

"您不是说这个系统是绝对安全的吗?"亨宁问。

"那是针对外来的攻击而言。如果有人从内部搞破坏,世界上是没有任何系统能够防范的。"

"但是曼努埃尔完全没有访问系统的权限。"伊娃说,"他是如何搞鬼的?"

"我不知道。肯定是利用了'零日漏洞'。"

"零什么？"

"一种迄今未知的安全漏洞。马腾一定是找到了这个漏洞,然后让这个男孩利用了它。"

"那会怎么样？"

"马腾会获得系统短暂的控制权。他可以在我们无法监控的情况下跟这个男孩交流。当我注意到这点时,我就把模拟系统重启了。这样就能把连接断开,系统现在又恢复到了正常状态。"西装男"紧张地挠了挠下巴。

"那您现在能确定马腾已经跟这个男孩没有联系了吗？"亨宁问。

"是的。正如我所说,我发现系统跟外部世界建立起一种不安全的连接,我马上就把它切断了。如果这样的连接再次出现,我立刻就能知晓。"他拿起一部小型平板电脑,显然这是他控制房屋的安全系统用的。

"难道他不会已经激活了某个恶意软件,用它来操控我们的系统吗？"亨宁想要问清楚,"毕竟当时他在我们的系统中安了一个后门。"

"那个漏洞我们已经找到并修补上了。"

"那会不会还有第二个后门？"

"不会的,我们已经系统地排查过了。"

"这个男孩还能再次跟外界建立连接吗？"亨宁问。

"不太可能。""西装男"认为,"我们的安全系统具备自我学习能力。它不会被同一种方式欺骗两次。诚然,系统发生了一次严重的故障,但是类似的事不会再发生了,马腾不能再不受干扰地跟这个男孩说上几分钟话了。"

"不会再发生?"伊娃插了一句,"谁知道他跟曼努埃尔说了些什么!"

"也许是真相。"皮特简短地说道。

"不管怎么说,这个男孩现在已经变得更难控制了。"伊娃说,"这样的话,几乎不可能得到有意义的测试结果。"

"测试结果",这几个字听上去如此无害又如此冷酷。我对他们来说不过是实验用的小白鼠。

"您有什么建议?"亨宁问。

"我还不知道,但是我有一种不好的感觉。我们还没搞清楚马腾是如何破解系统的,我们应该集中精力去把它弄明白。"

"我同意您的观点。"那个负责安保的"西装男"说。

"光弄明白完全没有意义!"皮特发言了,"马腾为什么千方百计地要跟曼努埃尔联系?难道就为了跟他说几句话?他一定还做了什么。他肯定设法安装了一个恶意程序。我们应该关闭整个安全系统,然后重新安装。"

"你疯了吗,皮特?""西装男"怒吼起来,"如果这么做,这栋房子就相当于失去了所有的防护。这恰恰是他想要的结果,也许这就是他想要跟曼努埃尔说话的原因——他想进到这里来,所以试着通过男孩获得与我们的安保措施有关的信息。"

"这太可笑了!"伊娃大声说,"为什么他想要进来?"

"这不是显而易见的吗?他想要绑架这个男孩。"

"我认为赫尔姆斯先生说得对。"亨宁说,"马腾想要这个男孩。他想借助这个男孩来证明我们在这里进行非法的医学实验。如果他成功了,那我们麻烦就大了。"

"那他应该来呀!"皮特回答,"我能对付他。"

"也许他不是一个人来。"伊娃提醒道。

"那又如何?这房子安全得像座堡垒,没人能闯进来。"

"我就是这个意思!"赫尔姆斯说,"只要我们没有蠢到要关闭安全系统。"

"就算……"伊娃插话道,"就算他绑走了那个男孩,他接下来能做什么呢?谁会相信他?"

"没有人会相信马腾的。"亨宁说,"但是曼努埃尔的妹妹呢?最重要的是,曼努埃尔本人呢?"

"弗里泽医生,您可以再做一次手术吗,让他把最近几天的经历也忘了?"伊娃向那位医生求助。医生一直苦着脸,坐在旁边观察着。

"这很困难,"医生回答,"何况用处也不大。一旦停用生物电脉冲抑制剂,记忆神经阻滞就会消失。一旦他脱离我们的控制,就会慢慢把所有的事情都想起来。"

"那您就想办法把他的记忆永久删除。"亨宁要求道。

"您是怎么想的？"医生问，"您是期望我做前脑叶白质切除术吗？"

"如果需要的话。无论如何，绝不能让这个男孩恢复记忆，绝不能让他做证人指控我们。"

"这种手术有可能带来永久性的脑损伤，我无法承担这样的后果。"

亨宁阴沉着脸看了他一会儿。"亲爱的弗里泽医生，"他貌似善意地说道，"不用我提醒您吧，您可是欠了我一大笔钱。如果我们被曝光，您也就毁了，不仅会被吊销从医资格，也许您还得坐牢。无论您想还是不想，都跟我们在一条船上。请您别再考虑道不道德了，尽快给这个男孩动手术吧！如果手术以后他变成一个流口水的白痴，那我们就自认倒霉，从头再来。在此之前，他绝不能跟马腾有任何联系。讨论到此结束。弗里泽，您准备手术。赫尔姆斯，您给我负责房子的安全。皮特，你做好准备，以防有人闯入。如果马腾真的来了，我们不能让他活着出去，而且要把现场伪装成自卫的样子，你能搞定吗？"

皮特点了点头，这把我的心刺痛了。我曾经真的认为他是我的朋友，不是吗？"伊娃，您跟弗里泽一起监视男孩的一举一动。"亨宁接着说，"如果他还有什么花招儿，就告诉我。好了，开始工作！"

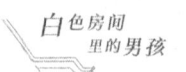

第十七章
潜　　入

在我看来,茱莉亚和马腾把我从这个戒备森严的"监狱"里救出去的可能性微乎其微。但我仍抱有一线希望,就像溺水者紧紧抓住浮木一般。医生的那番话无疑让我对逃离这里充满了期待:一旦停用生物电脉冲抑制剂,记忆神经阻滞就会消失。一旦他脱离我们的控制,就会慢慢把所有的事情都想起来。

我可以找回我的过去!等这个白色房间和我在里面所经历的一切都变成遥远的回忆,变成一场褪了色的噩梦,我就可以重新找回我自己,也许能过上完全正常的生活。不管这个可能性有多小,它都值得我尽力去争取。但是时间不多了,这个时候弗里泽医生可能已经在准备手术了,这次手术将永远地摧毁我的记忆。

电话响了几声,我拿起虚拟电话的听筒,是马腾。"我们必须快点!"我把偷听到的内容告诉他。

"这个浑蛋!"马腾骂道,"那我们开始行动吧。现在是下午五点三十分。我们最快能在十一点赶到那里。希望弗里泽的准备时间足够长。"

我们商定了计划，之后我还有足够的时间去熟悉这套安全系统。我面前的虚拟操控台是赫尔姆斯那个操控台的副本，他此刻正坐在真正的操控台前。我能看到他看到的所有按键，还能操控他显示屏上显示的内容。但是我必须非常小心，千万不能让他发现系统已经被侵入，否则我就完蛋了。

接入这个安全系统的摄像头总共有二十二个——九个在室内，十三个在室外。它们分别被安装在房檐、门和围墙上。这些摄像头都与一个软件相连，这个软件可以识别人脸并报告非法闯入情况。幸运的是，我可以禁止它发送警报。

摄像区域外还存在着很多个监控死角。二楼一个摄像头都没有。一楼有四个摄像头：入口处有一个，走廊的左右两侧各有一个，带壁炉的会议室里有一个。地下室有四个摄像头：车库、游泳池、健身房和走廊里各一个。我所在的医疗区也不在监控范围内，这让我觉得很奇怪，皮特带我参观房子的时候也没有看过这里。

虽然我无法看到屋内的所有角落，但是整个院落和周围的街道却被我尽收眼底。

这栋房子建在一座低矮的小山上，院子稍远的那一片地势略低，有一个种着睡莲的小池塘和一片烧烤区，古老的山毛榉和橡树投下了一大片树荫。靠近房子的地方则有一个小型的室外游泳池和一片被杜鹃花环绕的草坪。整个院落被一道二点五米高的围墙保护了起来。为了让人无法轻松翻越,围墙的顶端还装了金属尖刺。车辆是通过一条宽阔的车道出入的,车道尽头有一道上锁的自动门,旁边就是供行人进出的小门。周围街边的别墅虽然没有我所处的这栋这么大这么豪华,但是显然也戒备森严。

为了欺骗监视者,我在白色房间的墙上一集接一集地播放着电视剧《神秘博士》。我的虚拟形象站在显示屏前一动不动。希望对于伊娃和弗里泽来说,我看上去像是在看电视放松。

十一点到了,天色暗了下来,电话终于响了。"我们现在已经准备好了。其他人都在哪儿?"马腾问道。

"赫尔姆斯在安全中心。皮特坐在卧室里看足球赛。伊娃在我父……我是说在亨宁的办公室。"

"你能听见他们在说什么吗?"

"不能。他的办公室里没有监控摄像头,从走廊听不见他们说话。"

"医生在哪儿?"

"我估计他在医疗区。"

"你估计?"

"谈话结束后我就再也没见过他。他去了地下室,然后突然就从我的视野里消失了。"

"你确定他还在房子里吗?"

"不确定,但是我没看到他走出去。"

"好的。我现在激活我的摄像头。"灰墙中的一面突然变成了透明的,另一边就是马腾眼中的世界。他正坐在一辆车的驾驶座上,手握方向盘,在夜色中驶过一条条被照亮的街道,周围应该是住宅区。

"现在有画面了吗?"他问。

"有了。茱莉亚在哪儿?"

"我在这儿!"马腾朝她转过头去。她坐在副驾驶的座位上,身着一件黑色的工作服,头上戴着滑雪帽,穿得就像要拍蹩脚的动作片一样。

"这不是太夸张了吗?"我说。

"注意,我要打开我的摄像头了。"她的摄像画面出现在另一面墙上。现在我也能看见马腾了。他穿着牛仔裤、运动衫,戴着棒球帽。

"我们马上就到。"他说。很快,雅斯佩斯家的院墙就进入了视野中。与此同时,我在其中一块显示屏上发现了一辆深色的厢式货车。这块显示屏显示的是院子东南角墙外的情况。我能认出马腾的运动衫和帽子。

"我在十七号显示屏上看见你们了。"

"好的。"

马腾继续前行,绕过院子,拐进一条支路,把车停在那儿。他下车后走向了院墙边，茱莉亚则爬进了货厢。我不明白他们这是要做什么，但是我们已经约好了，一旦任务开始就尽量少交谈，于是我继续默默地观察着。马腾上了一辆原本停在墙边的奔驰车，再次开进了那条支路。这辆奔驰车肯定是他提前停在那儿的，正好在十七号监控摄像头的拍摄范围内。他迅速更换了车辆，把那辆厢式货车停到刚才奔驰车停的位置。从十七号摄像头传来的画面看，就像一辆车开走了，而另一辆车用了它空出来的那个停车位，没有什么特别的。

"现在轮到你了，曼努埃尔！"马腾走下车子，穿过道路，从监控画面中消失了。

等到画面上空无一人时，我用十七号摄像头拍了一张照片，把它作为这个摄像头的信息源安装到安全系统中。这个方法是我从一本指导手册上学到的。那本手册很完整，还附带虚拟活页夹，是马腾把它传送到我的虚拟操控台上的。如果赫尔姆斯看得够仔细，他也许会察觉到其中的异常之处：十七号监控画面中没有一片叶子是动的。如果他够专心，他可能会注意到，十六号摄像头的画面里出现了一些车，而十七号的画面里没有任何车开过去。但是由于显示屏的数量比摄像头要少，因此室外摄像头的画面是轮流播放的，所以这种小小的异常是很难被发觉的。这是马腾发现的这个安全系统的漏洞之一。

"搞定了吗？"他问我。

"搞定了。但是你们最好快一点儿,我觉得赫尔姆斯肯定会发现哪里不对劲的。"

通过马腾的摄像眼镜,我看到他又返回了货车,进了货厢,茱莉亚还在那儿等他。马腾换上了深色的工作服和滑雪帽,扛了一把铝质的折叠梯下了车。他先确认了下路上没有车经过,然后把梯子靠在院墙上,迅速地爬了上去。上去以后,他把一个马鞍放在墙头上,遮住了金属尖刺,马鞍的两侧各有一块薄木板,这样他就能站在墙头了。茱莉亚跟在他后面,她爬上梯子后,一辆车开了过来。茱莉亚惊呆了,我也被吓得够呛,但司机似乎并没有注意到她。不管怎么说,那辆车没停下来。

等茱莉亚也站上了墙头,马腾就快速地把梯子拿上来,用它从墙的另一边爬下去。不到半分钟,他们两个就躲进了墙脚的阴影之中。

我关闭了房屋外围的泛光灯,因为通常情况下,如果摄像头监测到院子里有动静,泛光灯就会自动打开,把院子照得跟足球场一样亮。只要马腾和茱莉亚在摄像范围内活动,我就会把相应的摄像画面切换成静态图片。忽然我有了一个灵感,我在操控台的键盘上输入了一些指令,把我刚刚隐去的摄像画面都存了下来。

"他们现在在哪儿?"马腾问道。他们俩正在靠近房子的西南角,带壁炉的会议室就在那里。这间会议室有一扇通向院子的玻璃门。

"伊娃已经回客房了,就是会议室隔壁那间。皮特在另一间客房,你们应该能看见他。"

"是的,我看到他了。"

"亨宁现在正在游泳池,他睡觉前可能还会去趟桑拿房。"

"他可真不要脸。赫尔姆斯呢?"

"他看起来还在安全中心里坐着,也许他在试着弄明白你是怎么入侵他的系统的。"

"那他可得研究一阵子了。他技术很差。"

"但愿如此。"

"说得够多了。现在我们要进去了。"

通过马腾的摄像眼镜,我看见他跑向玻璃门,准备进入会议室。隔壁是伊娃住的那间客房,客房的窗户透出些许蓝光——她一定是开着电视呢。

马腾拿出一把玻璃刀。由于玻璃门是双层的,所以他必须在门上切割出两个洞。马腾的麦克风传来的切割声听起来特别刺耳,不过伊娃和皮特似乎什么也没听见。

马腾终于成功地打开了门。我切断了信号,令安全系统无法检测到门已被打开,然后我把会议室中的九号摄像头的画面切换成了一张照片。

茱莉亚之前一直躲在灌木丛里观察着,现在她离开掩体向马腾跑去。两人悄悄潜入房间,耳朵贴着房门,听走廊里的动静。

"现在请把走廊摄像头的画面切换成照片。"马腾说。

"不,我有个更好的想法。"我回答,"你俩在原地待一会儿。"

"你有什么计划?"茱莉亚问。

"现在没时间解释。相信我就好。"

紧接着,刺耳的警报声响了起来。

第十八章
斗 智 斗 勇

"怎么了？"皮特问。通过走廊摄像头的麦克风，我能听见他的声音。同时，我也通过安全系统监视着正在发生的一切。

"有人闯进来了！"赫尔姆斯喊道。他的声音由于激动变得更为尖细，"在房子的西南角，池塘后面！"

现在我能通过三号监控画面看到皮特，这个摄像头安装在院墙上，用来监控房子的背面和部分院子。他站在客厅的弧形玻璃幕墙边，头戴耳机，右手拿着一把手枪，盯着窗外。此时的院子被泛光灯照得十分刺眼。

"你确定吗？我什么都没看见。"皮特说。

"我确定。我清楚地看到他们了，在后面的灌木丛里。去那儿检查一下！"

"好的。"皮特走了出去，穿过门廊，慢慢地向池塘靠近，"他们在哪儿？"

"我不知道。我现在看不到他们了。"

"你确定那不是一只猫吗?"

"你见过穿黑色工作服、戴滑雪帽的猫吗?"

"他们有几个人?"

"至少两个。"

皮特又往前走了几步,然后停在一片草坪中间。

我激活了紧急锁。所有的门窗前立即落下了一道金属卷帘门。

皮特忽然转过身。"赫尔姆斯,你这个白痴!"他对着耳麦大声喊道,"你做了什么?"

"我……我什么都没做!"赫尔姆斯结结巴巴地说,"肯定是系统自动激活了紧急锁。"

皮特忙往屋子里跑,但是当他到达门廊的时候,入口已经被封锁了。"赶紧打开!"他喊道。

"我已经在试了!"赫尔姆斯大声喊道,"但是系统好像无视了我发出的指令!"

"该死的……"皮特骂道。其他话我没听见,因为赫尔姆斯结束了通话。

我们少了一个麻烦。

"你做了什么?"马腾问,"你把整个房子的人都惊动了!现在所有人都知道我们在这儿了!"

"我把皮特锁在外面了,他是他们中最危险的一个。现在别说话！"

通过走廊的摄像头我看到了伊娃，她从客房跑出来，进了客厅。"皮特？这是怎么回事，皮特！"

她四处看了看，然后回到了客房门前的那条走廊。希望她能回到自己的房间去……不，她打开了会议室的门！

我只能喊："当心！"

紧接着，会议室的灯亮了起来。通过马腾的摄像眼镜，我看见伊娃神色惊恐。"什么……谁……"她问道。

马腾的手上突然出现了一把手枪。"别出声！"他说，"我们不想伤害任何人。我们只想把曼努埃尔带走！"

心理学家举起了双手。"我跟这件事无关！"她结结巴巴地说，"我从一开始就反对这个实验，真的！"

"闭嘴！"马腾命令道。

"我可以帮您把这个男孩解救出来！"伊娃说，"我知道他在哪儿。您跟我来，我带您去。"

"别相信她！"我警告道。

"别担心。"马腾说着，用枪指了指走廊上伊娃客房的门，"进去！"

她犹犹豫豫地进了客房。马腾把枪递给了茱莉亚："拿着，必要时就开枪。这枪没有保险，直接扣扳机就可以。"

"没问题，我会。"茱莉亚的语气冷冷的。

马腾把伊娃推到床上，并用束线带把她的双手反绑住。

"您弄疼我了！"

"你就祈祷我们不会对你做那些你在我哥哥身上做的事吧，你这个不老实的女人！"茱莉亚说。

"安静！"马腾警告道。他从房间的浴室里拿了一块毛巾，用它堵住了伊娃的嘴，还用束线带把她的腿绑在了床上。

他们俩对付伊娃的时候，我的关注点在赫尔姆斯身上。安全中心没有摄像头，所以我看不见他。但是我可以通过虚拟操控台推测出他正在紧张地修改着系统设置。

马腾入侵安全系统后，为我开放了这栋房子所有自动化设备的控制权限。因此，我启动了车库里那辆自动驾驶汽车，还特意让发动机发出了几声空转的轰鸣。同时，我又把车库通往外面的大门升了起来。不出我所料，赫尔姆斯很快就出现在十号摄像头的监控范围内。这个摄像头监控着地下室走廊两侧安全中心的门和车库的门。他拿着手枪，在门外谛听着车库里的动静。我让发动机又嘶吼了几声。

为了给车库门解锁，赫尔姆斯在门旁的键盘上输入了一组六位密码，接着猛地把门拉开，双手举枪，对准黑漆漆的车库。

我让车冲了出去。

"停下！"赫尔姆斯一边喊一边追了出去。

"快去地下室，快！"我对马腾喊道，"你们一定得把车库门关上!快点!"我引导他们下楼来到地下室走廊,穿过一道铁门来到车库门口。跟马腾几乎同时出现在车库门口的还有赫尔姆斯,或许他已经意识到应该赶紧返回房子内。

赫尔姆斯举起了枪:"嘿!把手举起来,否则……"

马腾抢先一步关上了车库门,让赫尔姆斯无法进入房子。通过车库里的摄像头,我可以看见赫尔姆斯正慌张地在键盘上输入密码。这是没用的,因为刚才我已经把车库门的密码修改了。

"曼努埃尔,干得好!"马腾说,"现在我们只要对付亨宁和那个医生就行了。他们俩在哪儿?更重要的是,你在哪儿?"

"不知道。"我回答道,"我最后见到亨宁时他去了游泳池。弗里泽则一直没出现过。"

"好的。让我们先仔细研究一下安全系统。"马腾走进了赫尔姆斯的安全中心。操控台看起来跟我那个虚拟版本一模一样,墙上的显示屏也一样。不过这里到处都是饼干渣和用过的脏咖啡杯,角落里还有一张行军床——显然赫尔姆斯有时候会在这里过夜。

马腾把每个监控画面都调出来看了一下,还是没发现亨宁和弗里泽的踪影。从室外的监控画面可以看到,赫尔姆斯正跟皮特激烈地争论着,皮特看上去马上就要揍赫尔姆斯一顿了。

茱莉亚趁机把操控台下方的抽屉搜寻了一遍。她拿出一个文件夹,翻了翻。"看这里!"她说着从一个塑料文件袋中拿出了几张蓝图,把它们铺开,原来是这栋房子的建筑图纸。

马腾和茉莉亚弯下腰细看,以便让我也能看清。从图纸上可以看到地下室有带桑拿房的游泳池、健身房、锅炉房、酒窖和储藏室。我们现在所在的安全中心就是图纸上标记为储藏室的那个房间。别的就没有了。

"放置曼努埃尔身体的房间在哪儿呀?"茉莉亚问。

马腾没有回答。他离开储藏室,回到地下室的走廊,随后打开锅炉房的门。通过他的眼镜,我看到一台现代的燃气锅炉、一个用密码锁锁住的钢质配电箱、安装在墙上的管道和电线,还有一个放着清洁用品和工具的架子。酒窖里也没什么特别的,只摆放着一些储酒架。他瞥了一眼健身房,那是皮特和"父亲"用来进行虚拟世界旅行的地方。然后,他拔出手枪,到游泳池门口听了一会儿里面的动静,猛地把门拉开。

房间里没有开灯。房子外面的灯光透过左边的玻璃幕墙照进来。稍远一些的桑拿房旁边摆着几张躺椅。房间是空的,水面光滑如镜。地上没有任何积水。看来最近没人在这儿游过泳。

马腾走向桑拿房,打开木门往里看了看,里面没人。旁边的小淋浴间也是如此。

"你确定最后看见亨宁是在游泳池?"他问道。

"确定。但是也有可能他后来又离开了,而我没有注意到。我无法同时看到所有的监控画面。"

"也许他……"马腾还没说完,就被远处的一声巨响打断了,

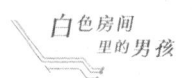

"什么声音?"

我疯狂地在监控画面里寻找。紧接着又是一声巨响,这次我终于从室外监控找到了答案。

"是皮特。他在用斧子砍客厅窗外的金属卷帘门。你们快一点儿!"

"你能想办法吸引他的注意力吗?"马腾问。

"我试试。"

我浏览着操控台的功能菜单,总算找到了我认为合适的办法。与此同时,皮特一直像疯了似的砍着卷帘门,赫尔姆斯只是站在旁边看着他。虽然到目前为止,皮特只是将金属卷帘门砍出了一些凹痕,但他迟早会得手的。留给我们的时间不多了。

马腾仔细检查着游泳池右侧的墙:"这里肯定有一扇暗门,或者类似的东西。"

"我们问问那个心理学家怎么样?"茱莉亚建议道。

"你认为她会向我们透露曼努埃尔在哪儿吗?"

"也许会的,如果我们稍微给她施加一点儿'动力'。"我很不喜欢她这话的含义。为了解救我,茱莉亚似乎不在乎使用刑讯手段,这让我觉得有些可怕。

"她也许会误导我们,我们只会浪费时间。"马腾提出了自己的看法,此时,斧子的砍击声在整个房间回荡。"你已经听见曼努埃尔说的了,我们必须快点!还是来帮我找他吧。"

这时我成功启动了一台自动割草机，这台机器看上去就像一只红色的大甲虫。它在我的控制下来到了门廊。赫尔姆斯一看到它就惊慌失措，尖叫着逃走了。皮特则对它视若无睹，继续用斧子砍着金属卷帘门。当我控制着割草机用力向他的腿冲过去时，他才往旁边一跳。

"你真的以为一个园艺工具就能阻止我吗，马腾？"他咆哮着，开始用斧子攻击割草机，不过并没有砍到。我控制割草机往回退了退，发起新一轮冲锋，但是皮特灵活地跳到了一边，用有力的手臂拦住了割草机，把它掀了个底儿朝天，刀片和车轮在空中徒劳地旋转着。接着他又回到了窗户那儿。我看到卷帘门上出现了第一条裂缝。面对皮特持续的攻击，它坚持不了太长时间了。

第十九章
逃　　离

皮特依然挥着斧子,整座房子似乎都在震动。马腾、茱莉亚和我依然没有找到线索,没人知道我的身体被放在哪里。我们越来越怀疑我的身体不在这里,它有可能在附近的某座房子里,也有可能根本就在另一座城市。也许马腾和茱莉亚这次破釜沉舟的行动从一开始就南辕北辙了。

"你们必须马上离开!"我说,"皮特正试着从窗户爬进客厅,如果他进到屋里,肯定会把你们两个都杀了的。"

"不行!"茱莉亚回答,"我不会把你留在这里的。"

"可是我们根本不知道我是不是在这里呀?"

"你在这里,我知道!"她俯身趴在泳池边,想要找找水下有没有什么隐藏机关。这时,马腾又去桑拿房找线索了。

一阵难听的嘎吱声传来,皮特终于成功地破坏了卷帘门上的一个金属元件。这像是一个警告,用不了几分钟,皮特就能重新回到房子里了——一个有武器、有作战经验、愤怒的雇佣兵面对一个女孩和一个程序员。马腾虽然有一把手枪,但它应该派不上太大用场。

我必须做点什么!我的目光再次落到了割草机上,它像一只无助的、仰面朝天的乌龟。刚才那个主意也许不错,只是我做得还不够彻底。

皮特把斧头的把手当撬棍使用,用它撬着另外一个金属元件。我操控那辆自动驾驶的越野车穿过盛开的杜鹃花丛,向外开了一段路。在池塘边的草坪上,我掉转车头,加大油门。一开始,轮胎打滑,车子留在原地没动,几秒钟后才蹿了出去。冲到皮特身边时,车速大概能达到每小时二十公里,虽然不快,但是算上这辆车本身的重量,产生的冲击力足以把皮特碾碎,就像碾碎一只苍蝇那样。

皮特转过身。他手里拿着斧子,像要决斗似的紧盯着汽车,一动不动。

"皮特,让开呀,该死!"我喊道。我知道他听不见我的喊声,但汽车距他只有一米远了,看他还是没有反应过来,我急刹车了。汽车轮胎上沾了草和泥土,虽然不再加速,但开上了门廊,就像开上了冰面一样继续向前滑行。

最后一刻,皮特向前一跃,跳上了引擎盖,车头撞上了金属卷帘门。幸运的是,车子的冲击力还不足以破门而入。

我以为皮特会从引擎盖上跳下来,继续用斧子敲击已经受损的金属卷帘门,于是把车倒了倒。但我低估了他。皮特把斧子夹在两腿中间,往上一跳,抓住门廊上方一个阳台的栏杆向上攀。上去以后,他开始一下下地击打二楼门外的保护装置。

我把车停在离门廊几米远的地方,没让发动机熄火。我要让皮特知道,如果他胆敢下来,我会立即向他再次发动攻击。但是他没有理会我,继续在上面击打着保护装置。我争取了一点儿时间,但还是没帮上什么大忙。

"上面怎么了,曼努埃尔?"马腾问。

"我刚刚跟皮特发生了一次小冲突。"

"你?怎么回事?"

"我用自动驾驶汽车折磨了他一下,也许争取到了一点儿时间。你还是得快点。"

"我觉得我在这儿发现了什么。"马腾指着桑拿房中的加热炉说。炉子里装满了石头。操作面板看起来不复杂,只有一个调节温度的旋钮和一排标注了数字"0"到"9"的按钮。

"这到底是什么?"茱莉亚好奇地问道。

"这操作面板很奇怪。我不常蒸桑拿,但是我从未见过像这样有九档温度的炉子。这可能是用来输入数字密码的。也许只要按照正确的顺序按下这些按钮,我们就能激活隐藏的机关。"

"密码会是什么呢?"茱莉亚问。

"试试'287669'。"这是赫尔姆斯之前打开车库门时输入的密码。房子里的每扇门都可以设置独立的密码,但是依我看,亨宁给所有门设置同一个密码也很有可能,这样他只需要记住一个密码就行。"

马腾输入了这串数字。随着一阵闷响,桑拿房的后壁移到了旁边,他们面前出现了一小段下行的楼梯。

"猜对了!"茱莉亚说。

"小心!亨宁和那个医生可能就在下面,他们可能已经知道你们来了。"

"有可能。"马腾说。他握着手枪,走下八级台阶,来到一条短短的走廊上。右边墙上有一扇金属门,马腾在门外听了一会儿动静,然后轻轻地打开了门。耀眼的氖灯立刻照在他身上。

整个房间充满了科技感——桌子上有四台电脑显示器,上面显示着各种曲线、图表和数字列表;左右两边的架子上满满当当地摆着几十个闪光的盒子;透过一扇大玻璃窗可以看到后面的房间,同样光线明亮,那儿显然是手术室。

弗里泽医生原本坐在桌子前盯着显示器看,听到开门的声音,他转过身,吓得从椅子上跳了起来。

"什么……您是谁?有何贵干?"

马腾走进屋里,把手枪对准医生:"保持安静。我不想伤害你!"

弗里泽医生举起双手,往后退了一步,他冲玻璃窗歪了下头:"他在里面!"

马腾望向窗户,好让我看清楚里面是什么。手术室的正中央放着一张金属质地的手术台,周围是各种复杂的仪器。天花板上安装了多条机械臂,它们的末端持有钻头、手术刀、剪刀等。

手术台上躺着一个赤裸的男孩。他剃着光头。一束电线从头骨中延伸而出,连接到旁边的各种仪器上。他的面部被绷带覆盖,从绷带里露出了一些软管。

我不敢相信自己就是手术台上的那个男孩——赤裸,没有防护,被残忍地利用和虐待。如果可以,我一定会在愤怒和绝望中哭泣,但是显然那具身体无法做到。

亨宁站在手术台旁边。他穿着一件白大褂儿,正把一只手伸到我的脖子上,仿佛要触摸我的脉搏。

茱莉亚一看见我就大叫起来。她打开手术室的门,却突然在门口停住了。我现在看清了,亨宁的手里有东西——一支注射器,里面是绿色的液体。而针头已经刺入了我的脖子。

我知道这不可能,但是我忽然觉得自己的脖子被针扎了一下。

马腾举起手枪,对准亨宁的头:"放开这个男孩,亨宁!"

"你好,马腾。"亨宁冷冷地回答道,"把这个幼稚的武器收起来,让我们像成年人一样对话。"

"你先把手从男孩的脖子上拿开!"

"要我把唯一的王牌拱手相让?我为什么要这么做?毕竟你们才是小偷儿,不是我!"

"请您放过他！"茱莉亚喊道，"请您离开曼努埃尔，否则……"

"别动，否则你的哥哥就死了。只要往他的血管里注射一滴神经毒素，他就再也不会醒过来了。"

楼上传来斧子沉闷而有节奏的击打声。我意识到亨宁是在拖延时间，他想牵制住马腾和茱莉亚，直到皮特赶来。也许他只是虚张声势，注射器里装的不过是无害的镇静剂，但也可能真是毒素。

"让我们带走这个男孩，我们就放过你。"马腾说，"我们不会报警。与其跟你那些狗腿子律师纠缠，我们有更重要的事情做。"

"你真的以为我会相信你？你已经骗过我一次了，马腾！"

"我没有欺骗你，想要进行非法实验的人是你。"

"我并没有强迫你参与。"

"是没有强迫。但是你知道，我不能允许自己开发出来的技术被这样滥用！"

"科技发展总是会遇到阻碍和质疑。马腾，我在这里研究的无非是永生的可能性。"

"你做的事情是疯狂的，你简直丧心病狂、无法无天。"

楼上有什么东西碎了。我必须做点什么！

"我不需要在你面前为自己辩白。"亨宁说，"这个男孩的父母已经签署了同意书，我在这里所做的一切都是合法的，而你们才是非法闯入了我的私人领地。你用你偏执的想法给这个男孩的妹妹洗了脑，好让她跟随你。你……"

一条末端持有小型旋转式骨锯的机械臂降下来,像做外科手术一般精准地切掉了亨宁的大拇指。血喷溅出来。注射器掉落在地。亨宁大声尖叫,用残缺的手按住自己的胸口。

"你是怎么做到的,曼努埃尔?"马腾问,"我以为你没有这部分系统的访问权限。"

"我的确没有。"我回答,"不是我干的。"

弗里泽医生走了进来:"对不起,我不得不采取这种极端的措施,亨宁先生,但是我别无选择。别担心,赶紧去医院,拇指还能再接上,虽然会留下一条疤痕。"

"你这个浑蛋!"亨宁大叫,他的白大褂儿前襟已经被染成了血红色,"你会后悔的!我要毁了你,弗里泽!"

"您已经做到了。"医生回答道,"您用金钱引诱了我,使我背叛了曾经的信仰与理想。我在这个可怜的男孩身上做实验,给他的大脑反复动手术,可能已经对他造成了无法修复的伤害。为此,我将在监狱里度过我的余生。我罪大恶极,但是我不允许谋杀的发生!"

"如果皮特把你抓住,你的寿命可比你想的要短。"

"闭嘴,亨宁,否则你会是这里第一个与世长辞的人!"马腾威胁道。

"杀了他!"茱莉亚喊道,"这个浑蛋罪有应得!"

"不要。"我说,"别让自己跟他一样,茱莉亚!"

我的妹妹拿起了注射器:"如果他发出哪怕一丁点儿声音,我就把这个给他打进去！"

亨宁面色苍白,呻吟着倒了下去。

"您最好照顾他一下。"马腾对弗里泽医生说,"别让他死了。"

"先考虑曼努埃尔！"茱莉亚说,"我们必须尽快离开这里！"

"这个男孩不能移动！"医生反对道,"他非常虚弱。如果我们现在让他跟生命维持系统分离,可能会害死他。"

"如果他留在这儿,亨宁和那个雇佣兵一定会杀了他！"茱莉亚很着急,"我们必须试一试！"

"好吧,听你的。"弗里泽医生开始操作手术台边的仪器。

忽然一片漆黑。有安全系统操控台的虚拟房间消失了。马腾和茱莉亚的摄像头画面也消失了。我什么都看不见,什么都听不到,什么感觉也没有。

我想喊叫,却什么也喊不出来。

第二十章
追　　逐

　　首先袭来的是疼痛。

　　一开始只是隐隐作痛,甚至让人有舒服的感觉,像身上盖着一张毯子。但是毯子变得越来越沉重,压迫着我,简直要把我闷死了。好像有什么东西在咬我,在拽我,在打我。

　　我想喊叫,然而我的嘴、我的喉咙、我的肺似乎都被填满了灼热的煤块。

　　我试着睁开眼睛。氖灯直射着我的瞳孔,烧灼着视网膜。我闭上眼睛,终于感觉到我长久以来思念的东西:眼泪。

　　"曼努埃尔?曼努埃尔,你能听见我说话吗?"

　　是的,我能听见,但是我不知道该怎么回答茱莉亚。我睁开眼睛,又迅速闭上。接着我试着抬起一只手臂,但是它似乎被钢条绑在了床上。我的皮肤上仿佛有成千上万只蚂蚁在爬,它们把皮肤咬出了一个个小洞,把酸性的液体喷洒进去。

我要离开这里！我要回到那个白色房间！但它遥不可及。我离开了"天堂"，被驱逐到了艰难、残酷、灼热的现实世界。

"曼努埃尔！哦，曼努埃尔！"茱莉亚触碰着我。她不知道这会加剧我的疼痛。

"我们必须得快点！"马腾说，"那个雇佣兵随时可能进来。"

远处传来一记沉闷的击打声，像是在附和他的话。马腾用一只手搂住我的肩膀，另一只手托起我的双腿，把我抱了起来。一阵剧烈的疼痛。我感到恶心，但我的胃是空的，没有东西可吐。我被抱上了楼梯，穿过一间有氯气味道的屋子。闻到了！我又有嗅觉了！这是我从那个手术室醒来之后的第一个好消息。那个手术室曾禁锢了我的一切。

我再次试着睁开眼睛。这里的光线要暗一些，所以没有刚才那么刺眼，但是我只能看到一些模糊的影子。马腾抱着我来到地下室，这里明显要凉爽一些。我终于可以自在地呼吸而不必痛得想要尖叫了。我听见匆匆下楼的脚步声。一扇门被打开了。

"快，从这儿进去。"弗里泽医生轻声说。

里面很暗。我觉得我看到了一面发光的镜子。这儿是存放前往虚拟世界的设备的房间。门轻轻地关上了。

我听到外面传来了皮特愤怒的声音，近得让人惊恐："弗里泽！这里发生什么了？亨宁在哪儿？"

"他们抓走了男孩！"我听见医生说，"马腾和那个女孩把他带

175

走了。他们正在车库里！"

"别骗我,弗里泽！"

"是真的！他们从那儿跑了！"

"亨宁呢？"

"他在手术室。他们开枪把他打伤了。"

"那你怎么没跟他在一起？"

"我想来告诉你一声,然后报警。"

"不许报警！你去照顾亨宁。我要去教训一下那两个浑蛋,他们应该还没跑远。"

门开了。

"快！皮特去车库追了,你们可以从上面的大门逃走。要小心！"

"那您怎么办？"马腾问。

"我留在这儿,试着拖住他。"

"您还是跟我们一起走吧。如果他意识到被您骗了,会杀了您的。"

"他没有理由这么做,皮特的确做事不择手段,但他不傻,他不想因为我而背上一个杀人的罪名,这对他没有任何好处。你们现在就走吧！"

"谢谢！"茱莉亚说,"我不会忘记您的。"

"你们安全地离开这里,把亨宁送进监狱,那就是对我的感谢了！"

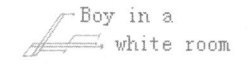

马腾抱着我上到一楼。此时的我看到的范围比刚才更广了一些,虽然还是看不清楚,像是高度近视一样,但这毕竟是用我自己的眼睛看到的。眼睛的疼痛也逐渐变得可以忍受了。

茱莉亚打开门,向外张望。两人等了一会儿。

"他在哪儿?"马腾问。

"我不知道。"茱莉亚回答,"我没看到他。"

"来,我们必须冒个险。我们直接走到大门口,然后……"

"该死!"茱莉亚大叫着把门锁上,"他看见我们了!哦,天哪,他看见我们了!"紧接着,砰的一声,皮特射出的子弹似乎打在了门上。

茱莉亚小心翼翼地通过门上的猫眼观察着对面的情况:"他跑去车库了。我们现在怎么办?"

"如果我们运气不错,那么弗里泽应该已经明智地关上了车库门。"

几秒钟之后,地下室传来了疯狂的砸门声和咒骂声,这证明我们的运气的确不错。

"现在呢?"茱莉亚问。

"他有两种选择,要么重新爬上阳台,从二楼进屋,要么在外面埋伏,等我们出去。他知道曼努埃尔急需治疗,但如果他因此选择埋伏,那么他就要冒着我们会报警的风险。一旦警察到了,他就什么也做不了了。所以他会选择第一种——进屋。"

177

"我们不能在他下楼梯的时候把他解决了吗?"

"别低估了他,他可是个雇佣兵,我们最好别跟他发生枪战。现在安静。"

楼上传来一阵嘎吱声,那是有人用力踩在碎玻璃上发出的声音。

茱莉亚和马腾迅速走出房子。马腾尽可能轻地把门关上。

我试着要说话:"院……"

"曼努埃尔?曼努埃尔,你说什么?"

"院……院子。"我激动地说,感觉就像在吐出一块块灼热的煤。

"什么意思?"茱莉亚问。

"嘘!"马腾示意她别说话。他抱着我,紧贴房子外墙往右走,路过室外游泳池,穿过茂密的灌木丛。当我们拐弯的时候,枪声响了。

"跑!"马腾气喘吁吁地抱着我,用最快的速度跑向院墙。他用来翻墙的那把梯子在草坪的另一侧,离我们大概五十米远。草坪十分空旷,没有遮挡,在这种情况下,对于皮特这种有经验的射手来说,打中两个逃跑的人不成问题,何况其中一个人还抱着一个病危的男孩。看来,只有一个机会了。

"去车里!快!"马腾喊道。

茱莉亚先跑到越野车那儿,打开副驾驶室的车门跳了上去。我指挥越野车向皮特发起攻击后,一直没让车子熄火。马腾像扔一袋土豆一样把我扔到了茱莉亚身边。这时候又是一声枪响。马腾大叫一声,绕着汽车跑到驾驶室一侧,一跃而上。他黑色工作服的左边袖子破了,鲜血从里面流了出来。

"你受伤了!"茱莉亚喊道。

"只是擦伤。"马腾说。他把汽车切换到手动模式,踩下油门。

又是一枪,子弹打碎了副驾驶座位旁的车窗玻璃,所幸没人受伤。马腾开车穿过灌木丛,来到院门前,他按下控制台上的移动门遥控按钮,大门开始缓慢地向一侧移动。

"把手枪给我!"茱莉亚喊道。

"不行。"马腾拒绝了,"这太……"

枪声又响了,子弹打中了副驾驶一侧的车门。

"给我!"

马腾把枪给了她。茱莉亚趴在我身上,把枪伸出被打碎的窗户,她持枪的手臂紧贴着我的耳朵,扣动扳机后,一声巨响几乎震破了我的鼓膜。

终于,门已经移动到足够让我们的车通过了。我们驶上街道后,茱莉亚如释重负地哭了。我们快速穿过住宅区,在夜晚的街道上行驶着。我也想哭,但我只能发出痛苦的呻吟。

"你感觉怎么样?"茱莉亚问我。

浑身上下没有一处是不疼的,就好像有人用老虎钳把我全身夹了一遍。我感觉很虚弱,眼前仿佛天旋地转。

我想说感觉还行，但是只能发出一种类似于快要窒息的声响。

"我们到底要去哪儿？"茱莉亚问马腾。

"去我家。"

"我们不是应该尽快把他送到最近的医院去吗？"

"那样太危险了。为了不让曼努埃尔成为证人，亨宁一定会派皮特或者其他人到医院去的。"

"警察也不能保护他吗？"

"我不能冒这个险。相信我，在我家他能得到更好的照料，我已经为这种情况预先做好准备了，还有……该死！我们甩不掉那个家伙了吗？"

马腾开车在路上左冲右突，像条蛇一样迅速前行。

"怎么回事？"茱莉亚问。

"是皮特，他开了一辆法拉利。真糟糕！"当我们就要撞上迎面而来的一辆车时，听到车后传来了很响的喇叭声，还好马腾在最后一刻往右打了方向盘，避开了对面的车。紧接着，我们前方的交通信号灯切换成了红灯，但马腾摁着喇叭冲过了路口，一辆从侧方开来的车差点儿跟我们撞上。通过副驾驶一侧破碎的窗户我看到了那辆车的司机，她有一头黑色的长发，穿着一件白色的衣服。

我们开出了汉堡市区，到了郊区。随着一声枪响，车子开始左右晃动，并且剧烈地颠簸起来。马腾费了很大劲才让车继续在行车道上前行。

"该死！"马腾喊道，"他打中了轮胎，要是再让他打中油箱……"

我感觉自己像是被困在一个没电了的机器人里。我集中全身的力气，想要伸出手臂，往前弯曲一下身体。

"曼努埃尔！"茱莉亚喊道，"你怎么了？你想做什么？"

"眼进①！"我指着汽车前的一个支架上挂着的一副"虚拟现实眼镜"。

"你想戴眼镜？戴眼镜做什么？"

"眼进！"我重复了一遍。

茱莉亚把眼镜拿给我，帮我戴上，并且打开开关。我眼前出现了一个虚拟控制台，我可以用手势来操控它。当你在蜿蜒的乡村道路上飞驰时，手臂似乎有一百公斤那么沉重，因此想要做出手势是很困难的，可惜没有任何一个程序员想到这一点。即使一些最简单的点击都要花费我很大的力气。

"你要做什么？"茱莉亚问。

我没有理会她，而是专注于我眼下必须做的事。马腾一直在试图阻止皮特追上我们的车，而皮特一直在朝我们开枪。

我终于成功地把车后面的无人机激活了。现在看它的了！当无人机的摄像画面上传到我的眼镜以后，我操控着它从汽车天窗飞

---

①此处因发音不清，曼努埃尔将"眼镜"说成了"眼进"。

了出去。刚出去它就被风吹到了车后,但我没有让它追上我们,而是顺势令它向后加速,直奔皮特那辆车而去。很快我就看到了皮特睁大的双眼,接着无人机就撞上了法拉利的风挡玻璃。画面黑了。

马腾欢呼起来:"是的,我们把他甩掉了!你做到了,曼努埃尔!"

茱莉亚把我的眼镜摘下,亲了一下我的脸颊:"我们马上就到了。坚持住!"

很快我们就开进了一个院子,在一座砖房前停下。这院子以前可能是某个农场的一部分。这期间我一直保持着清醒。

马腾摁了两下喇叭。房门开了,一个女人迎了上来。马腾下了车,打开副驾驶这边的车门。这个女人朝我跑来,像抱婴儿一样把我抱下车。她有金色的短发和友善的眼睛。看起来很像伊娃,但是年纪要大得多。

"你好,曼努埃尔!"她说,"真为你高兴!"她把我抱上楼,放到一张干净的床上。房间的墙上贴着迪士尼电影的海报,墙边摆着装满玩具的架子。房间开始围绕着我旋转。我拼命地想抓住现实,但还是被黑暗的旋涡卷入了无意识的深渊……

第二十一章
新 的 住 所

我醒来时,已经感觉不到疼痛了。我的嘴巴很干,脑袋里像塞满了棉花。这个房间对我来说是陌生的。我在哪儿?发生了什么?

记忆逐渐地浮现出来:从别墅逃离,被皮特追逐,遇到一个友善的女人,她把如同婴儿般无助的我抱到这里。轻松的感觉顿时充盈了我的身体——我是安全的!但我很快又开始怀疑这安全只是暂时的。亨宁会轻易地放弃吗?他会派杀手来取我的性命吗?也许他会派皮特来?奇怪的是,我居然在担心皮特会不会因为我操控无人机,引发交通事故而受伤。可是,如果雇主给他下达指令,他肯定还是会毫不犹豫地杀了我。

我慢慢地从床上坐起来,为了缓解眩晕感,我闭了一会儿眼睛,然后才开始环顾四周。从电影手办、玩具汽车和跟游戏《我的世界》有关的书来看,这显然是一个十岁左右男孩的房间。我从来不知道马腾还有一个儿子,但是我不知道的事本来也很多。

我又想起医生的话：一旦停用生物电脉冲抑制剂，记忆神经阻滞就会消失。但我脑袋里还是空空如也。我试着回忆自己房间的样子，但是我所能想到的只是亨宁给我看的那个房间——一个赝品。失望让我流出了眼泪。我甚至不知道在养父母的家里我是有一个自己的房间，还是跟茱莉亚住在一起。

茱莉亚。她是我找回过去的"钥匙"。我必须跟她谈谈。

我小心翼翼地挪到床边，试着下床。等到感觉这个房间不再旋转时我才慢慢站起身，蹒跚地走到房门那儿。门边有个挂钩，上面挂了一件蓝色的浴袍。我只穿了睡衣，所以就把这件浴袍披在身上。它对我来说太小了，但也能将就着穿。

门外是一条走廊，铺着木地板，两侧的墙是砖砌的，天花板是深色的木头制成的。楼下有一扇门半掩着，里面有声音传出来。我扶着栏杆，小心翼翼地一步步走下楼梯。那扇门后是一间舒适的餐厅，茱莉亚、马腾和他的妻子，还有一个陌生的男人正围坐在一张大桌旁，那个男人头发花白，穿西装，打领带。桌子上还摆着吃剩的早饭，听到我进来，他们很惊讶地看向了我。

"曼努埃尔！"那个友善的女人跳起来，抓住我的手臂，想要扶住我，"为什么……你不该起床的！你太虚弱了。"听起来她对我的担心多于责备。她把我扶到一把椅子边，我心怀感激地一屁股坐了上去。"我叫吉萨。"她说，"这位是科尔伯博士，我们的律师。""西装男"向我点头致意。

"你感觉怎么样？"茱莉亚问我,眼神里充满担忧。

"不错。"我回答。我感觉自己的嘴巴干得像砂纸一样,开口说话对我来说还有点儿难,所以我就不往下说了。

吉萨递给我一杯温水："给,先喝点水。"

我感激地接过来喝了一口。但是水让我觉得恶心,眩晕又开始了。

"你应该回去躺着！"马腾说,"你还是太虚弱了。"

我想摇摇头,可是眼前突然一黑。

我又躺在了床上。橘黄色的路灯透过窗户照进屋内,这表明我睡了整整一天。我感觉脑袋涨成了两个大,似乎里面有几百个愤怒的小矮人正拿锤子敲打着我的头盖骨。我的眼睛像是在灼烧。我的嘴巴还是那么干,舌头也肿了起来。起床就别想了。

吉萨带着一杯水和几片药走了进来："来,吃了它,会舒服点。"

我怀着谢意把这些药吞下去。很快,小矮人们都下班了,而我沉入了无梦的深眠。

我再次醒来,全身剧痛,尤其是脑袋。吃药,喝水,接着睡觉,不知道重复了多少次。不知什么时候,我醒来时发现有一根输液用的软管连在了我的左臂上。这根软管的另一端是一袋清澈的液体,它挂在一个细高的架子上。我小心地摸了摸自己的头,从亨宁那儿逃出来的时候,头发是被剃光的。而现在,没有被绷带包着的地方已

185

经长出了一层纤细的短发。

当吉萨拿着药片进来,让我吃药的时候,我拒绝了。我头疼得要命,但是我不想再陷入这种神志不清的状态了。

"好的。"她没说别的,让我把水喝了以后就出去了。

那些想从里面把我的脑袋挖空的小矮人已经不再使用过时的工具了,它们改用气动锤了,而且还获得了援军——有一百万只蚂蚁从外面咬着我的全身。我必须用双手抱住脑袋,免得它痛到炸裂。

拒绝吃药是一个错误。要是吉萨还能再来就好了,我会恳求她把药给我。可是我实在没力气叫她。

缓慢地,非常缓慢地,疼痛减轻了。我的脑袋依然轰轰作响,但是现在我已经可以忍受了。

"你感觉如何?"吉萨问,她突然出现在房间里。

我只能用呻吟声回答她。

"你还要止疼片吗?"

"不,还……还行。"我呻吟着说。

"你饿吗?"

我的肚子发出了咕噜咕噜的声音,似乎在抢着回答这个问题。

"饿。"

"我给你做碗汤去。"她走了。

这是这些天以来——我不知道自己逃出来已经多少天了——

我第一次又能较为清晰地感知周围的环境。虽然我必须忍受地狱般的痛苦,但我还是为此感到高兴。

吉萨回来的时候手里端着一个餐盘,上面有一碗冒着热气的鸡汤、一块面包和一杯牛奶。我问她:"这个房间是谁的?"

她的脸顿时蒙上了一层阴影。"蒂姆。"她回答,"他是我们的儿子,几年前去世了。"

"哦,对不起。这……"

"没关系。不知者不怪。"

我想多了解一些蒂姆的情况,但又觉得刨根问底不是很有礼貌,于是默默地喝起汤来。汤的味道好极了,让我恢复了一些体力。

"谢谢,太好吃了。"当她收拾餐盘的时候,我向她表示了感谢。

把餐具送回厨房后,吉萨用熟练的手法拔掉了我手臂上的输液软管:"你不需要这个了。"

"你在哪儿……怎么会这个?"

"我是个专业的护士,在大学医院工作了十年。"

"谢谢。"我又说了一遍,"谢谢你和马腾的帮助!"

"不用谢。我们肯定不能把你留在那个毫无底线的罪犯手里。"她眼中满是愤怒。

"我可以……跟茱莉亚说说话吗?"

"她跟你们的养父母在一起。"

我吓了一跳:"但是……"

"你别担心。他们还拥有对你俩的正式监护权,但是科尔伯博士已经着手去解除这种关系了。不管怎么说,你在这里才是安全的。"

一想到自己有可能重新落到把我卖给亨宁的人手里,我的胃里一阵疼痛。但是茱莉亚不在这里也让我感到非常痛苦。我本希望她能给我讲讲我们的生活,帮助我找回过去的记忆。

"我可以跟她通电话吗?"

"我已经跟她约定好了,她会定期给我们打电话。她下次来电话的时候,我会告诉你的。"

"我在这儿要做点什……什么?"

"首先你要恢复健康。马腾和科尔伯博士已经在商量对付亨宁的对策了。你是最重要的证人,这场诉讼可能会持续好几年。"她的脸色阴沉下来,"亨宁是只老狐狸,他会使出各种伎俩让自己从这件丑闻里脱身。但是这一次我们决不放过他,我发誓!"

"你说的'这一次'是什么意思?"我问道,但是吉萨没有回答。

"我现在还有一些事要做,得离开一会儿。如果你需要什么东西,直接叫我就行。"说完她离开了房间。

我在床上躺了一会儿,试着回忆童年的往事,但是我的记忆依然一片空白,就像我这个人从未存在过,就像我又回到了白色房间。

我的目光落在放满玩具和童书的架子上,也许蒂姆的这些玩具我小时候也玩过。我想要站起来,却感觉双腿就像煮熟的意大利面,根本使不上力,所以我只能手脚并用,爬到架子那边。我把那些玩具一件件地拿在手里,摸一摸,再闻一闻:电影手办、玩具汽车、一台小型显微镜、一只有着不安的大眼睛的绒毛玩具狗、一个篮球……没有什么东西触动我。

书架上有几本以游戏《我的世界》为背景的小说,除此之外还有一些按照回目排列的日本漫画和很多图画书。我在其中还发现了一本书脊泛黄的旧书,它似乎不应该出现在这个年纪的男孩子的房间里:刘易斯·卡罗尔的《爱丽丝漫游奇境》。

第二十二章
一本旧书

我小心翼翼地把这本书从书架上取下来,双手都在颤抖。书的封面很脆,书名烫了金,四周还点缀着精致的纹饰。书名下面是一幅小画:一只狗惊讶地注视着小爱丽丝。图画下方有一行字:莱比锡出版社。我小心翼翼地把书打开,书页闻起来有灰尘的味道,翻起来则几乎要碎了。

版权页上的出版日期是1869年。这是一本初版书吗?如果是的话,那一定价值不菲。为什么这么珍贵的书会夹在一堆旧图画书中间呢?

"你在那儿干什么?"吉萨的声音很尖锐,似乎我做了一件不该做的事。

我惊恐地转过身,这本书差点儿从手里掉下去:"我……我以为……我也许可以……"

"你应该在床上待着!"她严厉地命令我,"你太虚弱了,不该起来!"她把书从我手里拿走,放回了书架。

我听话地躺回床上:"这本书是……是您儿子的吗?"

"是的,这曾是他最喜欢的故事。马腾总是给他读这本书,特别是在……"她停住了,显然没法儿继续说下去了。

"对不起。"我说,我感觉到自己唤起了她一些不好的回忆。

"没事。别再提他的事情了,好吗?"

"好的。"

"你最好睡一会儿。"她的语气比刚才温和了些,说完她就离开了房间。

但是我不累。我的目光一次次地在书架上徘徊。不知道为什么,这本书似乎对我有着不可抗拒的吸引力。它一定对我有着重大的意义。

我跟自己的内心斗争了一会儿。我不愿伤害吉萨和马腾的感情。我在他们死去的儿子的房间里休养,这对他们来说一定非常痛苦,他们可能已经很久没有踏入这个房间了。但另一方面,我又必须想办法找回我的记忆,而这本书可能就是打开记忆之门的钥匙。

最终,我的好奇心还是占了上风。

我小心地爬起来,拖动打晃儿的双腿跟跟跄跄地走向书架,把书取出来,又迅速躺回床上。当我把书翻开,开始阅读用古德语写成的文字时,我的心怦怦直跳。

第一章

掉进兔子洞

爱丽丝开始觉得无聊了:她和姐姐在河岸上坐了很久,而且没有什么事可做。她不喜欢姐姐读的那本书,因为书里既没有图也没有对话。爱丽丝想:没有图也没有对话的书有什么用呢?

她正在思考(因为天气很热,她很困,还有些犯迷糊)起来去摘雏菊做一个花环是不是值得的问题,突然,一只红眼睛的白兔贴着她跑了过去。

这没有什么奇怪的。当爱丽丝听见白兔说"哦,亲爱的!哦,亲爱的!我来得太迟了!"她也没有觉得这是多么离奇的事。(她事后回想时,觉得自己应该对此表示奇怪的,可当时她的确感到一切都很自然。)但是等兔子从背心口袋里掏出一块怀表,看了看时间,然后又急匆匆地往前跑之后,爱丽丝跳了起来。因为她从未见过穿背心、还在口袋里面放一块怀表的兔子。她好奇地跟着兔子穿过田野,刚好看见兔子跳进了矮树下面的一个大洞。

她也紧跟着钻了下去,根本没考虑怎么出来的事。

这个兔子洞一开始笔直向前,像一条隧道,后来突然急转直下。爱丽丝还没来得及停下脚步就感觉自己掉下去了,就像掉进了一口很深很深的井里。

一阵眩晕侵袭了我，我突然产生了一种要跌倒的感觉。我把视线从书上移开，盯着天花板看了一会儿，等这种感觉消失了，再继续往下看。

要么是这口井太深了，要么是她落下去的速度太慢：因为她在下落的过程中有足够的时间去东张西望，对将要发生的事情感到惊奇。她首先试着往下看，想知道她会掉到什么地方，但是下面太黑了，什么也看不见。于是她就看看井壁，她发现井壁上排满了碗橱和书架，不时还能看见挂在钩子上的地图和画幅。她还顺手从一个架子上拿了个写着"橘子酱"的罐头，可让她失望的是，这个罐头是空的。她不想把罐头扔下去，因为她害怕砸到人。所以在继续下落的过程中，她成功地把罐头放入了另一个碗橱。

"好呀！"爱丽丝想，"经过这次锻炼，以后我从楼梯上跌下来也不算什么了。家里人会觉得我十分勇敢！就算我从屋顶上掉下来，我也不会说什么！"（这的确很有可能。）

掉啊，掉啊，掉啊！就这么掉个没完没了吗？"我现在已经掉了多少英里①啦？"她大声说，"我一定已经差不多到地球的中心了。让我看看，我认为应该是八百五十英里，我认为……"

---

①1 英里合 1.609 3 公里。

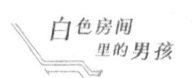

在这个地方,有人在旁边潦草地写了两个字:不对。这个批注来自蒂姆还是这本书更早的主人?事实上地球的半径远远超过八百五十英里,这个我敢肯定。但我是怎么知道的?在地理课上学过吗?还是在别的地方读到过?

我继续往下读。我很熟悉这个故事。我确定这本书我读过很多次,或者也可能是别人读给我听的。但是我想不起任何面孔、声音和我曾经读这本书的场景。

……她发现自己在一条长长的走廊里,天花板很低,上面悬挂着一串灯,把整个走廊都照亮了。走廊的两侧都是门,但是它们都上了锁。爱丽丝试着开了开每扇门,先是这边的,然后是对面的,最后她伤心地回到走廊中间,思索着该怎么出去……

这段话让我想起了白色房间,想起了我曾经的绝望,想起了永远无法从"监狱"中逃脱的感觉。我浑身发抖,眼中噙满了泪水,其中有一滴掉落在书上,吓得我赶紧把它擦掉,免得弄坏了这么古老的纸张。接着我就听见了门外的脚步声。

我迅速把书藏到被子下面。

进来的是马腾:"你好,曼努埃尔。你感觉如何?"

"好多了,谢谢。"

他仔细地看着我:"你哭了?"

"我……我还是什么都想不起来。"

"别担心,你的记忆肯定很快就会恢复的。你的大脑伤得很重,但是我相信它会痊愈的。"

"我想跟茱莉亚谈谈。如果她能告诉我一些我们以前生活的细节,也许对我有帮助。"

他点点头:"是的,当然,肯定会有很大的帮助。她现在由青年福利局负责照料。我看看能不能联系上她。"

我皱了皱眉:"吉萨说她跟我们的养父母在一起。"

"呃,她之前是在那儿,但是她不想留在那里。我们就请青年福利局把她接了出来,安排到一个安全的地方去了。"

"为什么……为什么她就不能来这儿呢?"

他犹豫了一下:"这是出于法律上的原因,解释起来有点儿复杂,但是科尔伯博士认为,你俩最好不要都住在这里。这跟你们将来作为证人的可信度有关。"

"我不明白。"

"我也没法儿向你解释得更清楚,但科尔伯博士是个很厉害的律师,如果我们想要扳倒亨宁,最好照他说的做。别担心了,我会给她打电话的,这样你们就可以聊聊了。我马上回来。"

他离开了房间。几分钟之后,他回来了:"电话没人接。我已经给她的邮箱留言,如果她回复,我会马上让你知道的。"

我看了他一会儿。不知为何,我突然产生了一种感觉:他没有

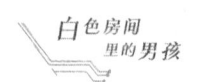

把所有事情都告诉我。

"跟我说说蒂姆吧。"我请求道。

他的脸沉了下来,我以为他会转身就走,但是他搬了一把椅子,坐到了我的床边。

"他是……一个很棒的男孩——聪明、温和、好学。"马腾的眼睛里满含泪水,这让我对刚才的想法感到有些歉疚,"他走的时候才十岁。如果活着,现在应该跟你差不多大。"

"他是怎么死的?"

"他患有罕见的'渐冻症',一种基因缺陷疾病,病情迅速恶化且无法医治。我……我们已经竭尽所能帮助他……但是……"他说不下去了。

"我很抱歉。"

"没关系。对不起,我……我早就应该有心理准备的,但是……"我不愿见到马腾继续受折磨,但是他自己接着说了下去:"吉萨和我,我们都为他感到骄傲。他在学校表现很好,想跟我一样成为电脑游戏设计师。他在电脑上花了大量的时间,甚至还自学了编程。我原本并不想让他学,但是……"

"他也喜欢阅读吗?"我脱口而出。

"你是说看书?是的,没错。以前我经常给他念书听,他最喜欢的是《爱丽丝漫游奇境》。"他起身走向书架,"有一年他生日的时候,我送过他一本珍贵的《爱丽丝漫游奇境》的初版。它应该在这里的某个地方……"

我摸了摸被子下面的这本书,感觉自己的脸在变红。幸运的是,他没看出来。为什么我不直接告诉他我拿了这本书?我自己也不知道原因。自从吉萨不想让我看这本书后,我总觉得有点儿不对劲。

"唉。"马腾叹了口气,"也许吉萨把它放到别的地方去了。无所谓了。不管怎么说,你现在知道我为什么会使用那么多这本书里的形象了吧。茱莉亚告诉过我,你小时候也喜欢这本书,我觉得这或许就是命运的安排吧。"

我忽然觉得自己很卑劣,像一个闯入者,一个不速之客。我躺在吉萨和马腾独子的床上,他已经以一种痛苦的方式死去了。我虽然也面临重重问题,但至少还没有病入膏肓。

"谢谢你们帮助我。"我说。

"没关系,我的孩子。如果你跟他一样……我是说,如果你……如果你死在亨宁的手里,我永远也不会原谅自己。"

一个念头闪过我的脑海:"你什么时候跟亨宁吵翻的?"

"大概五年前。为什么这么问?"

"你们的争吵跟蒂姆的死有关吗?"

他回避了我的目光。"没有,当然没有。不管怎么说,都没有直接关系。你能想象到我当时的精神状态。我的儿子奄奄一息,而亨宁在做着他永生的美梦。我怒火中烧,往他头上扔了一些东西,他也因此生我的气。无所谓了……"他看了看表,"我现在必须再给科尔伯博士打个电话。早日康复,曼努埃尔!"

"谢谢。"

他简短的回答和他离开房间时近乎逃离的方式证实了我的猜想:马腾在对我说谎。争吵和蒂姆的死发生在同一段时间,这不是偶然。在虚拟世界里延续生命会不会根本不是亨宁的主意,而是马腾的?他想要通过这种方式拯救他的儿子吗?但是他为什么要对此保密,甚至不惜对我撒谎呢?

也许他是对我的命运心怀愧疚吧,我想,或者……

我暗自猜测,也许这确实是马腾的主意。他们希望通过共同努力,让没有身体的大脑能够在虚拟世界中继续存活——这是拯救蒂姆唯一的方法。但是他们开发的速度不够快,人机接口和维持生命的仪器还没准备好,蒂姆就过世了。马腾希望终止这个项目,因为这对他已经毫无意义了。但是亨宁希望这个项目能继续做下去,希望有一天能用它延续自己的生命。于是二人出现了争执,亨宁把马腾赶出了公司。马腾了解到,为了测试人机接口的性能,亨宁在孤儿身上进行非法的医学实验,于是决定揭发他。

马腾之所以把我从亨宁家里接出来,是否只是因为想要复仇?他是否利用了茱莉亚来引我上钩?我对他来说是否只是达成目的的手段和法律诉讼中的一个证据?或者只是他消灭前合伙人的武器?我很想起身质问他,但我太虚弱了。

那本书放在我的腿上。我把它拿起来，想要放回书架。这时我产生了一个想法：也许蒂姆还在上面写了更多的批注，哪怕只是页边的寥寥数笔，也许也能让我了解他到底经历了什么。

我一页页地翻阅着，在第五章开头的地方，我看到一些句子下面用蓝色铅笔画了线。

第五章

毛毛虫的建议

毛毛虫和爱丽丝沉默地对视了好一会儿，最后，毛毛虫从嘴里拿出了水烟管，用缓慢的语调说起话来。"你是谁？"毛毛虫问。

这可不是多么令人振奋的开场白。爱丽丝有些羞怯地回答："我——眼下我说不准——早上起床时，我知道自己是谁，但是我觉得在那以后我已经变了好几回了。"

"你这话什么意思？"毛毛虫严厉地问，"你得解释清楚点！"

"我恐怕没法儿解释清楚。"爱丽丝说，"因为我已经不再是我了，您看出来了吗？"

"我没看出来。"毛毛虫说。

"我没法儿表达得更清楚了。"爱丽丝非常有礼貌地回答道，"因为我自己都没法儿理解。要是一个人在一天里一会儿大一会儿小，那他肯定会糊涂的。"

199

我一遍遍地读着这些句子,后背涌起阵阵寒意。是的,没错,我觉得我好像不是我。蒂姆为什么在这本书中标注了这些句子呢?他跟我有相似的感受吗?可他生活在熟悉的环境中,跟父母住在一起,拥有完整的记忆。也许写批注、给句子画线的根本不是蒂姆。

我有了一个大胆的想法。我小心地站起来,蹒跚地走到蒂姆的书桌旁。我从抽屉里找到了一个方格笔记本和一支铅笔,然后在本子上写了两个字"不对",把本子放到书页边。毋庸置疑,笔迹是一样的——我就是那个写批注的人。

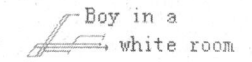

第二十三章
"把眼睛睁开！"

"曼努埃尔！"是吉萨的声音,听起来十分尖锐,"你在那儿干什么？你不该起床的！"

我吓了一跳。我慢慢转过身,眼眶里含着眼泪,模糊了吉萨半是担忧半是愤怒的脸。"我……我是谁？"

"你在说什么？"

"那是我的笔迹。"我指指笔记本,然后又指了指书上批注的字迹。

"你怎么可以这么做?！"吉萨愤怒地喊道,"这是蒂姆最喜爱的书！你知道它有多珍贵吗？我跟你说过,别碰蒂姆的东西！"

她的反应让我越发疑惑了。"可是,我把书从架子上拿下来的时候,这条批注就已经写在书上了。这一定是我被亨宁关起来之前写上去的。拜托了,吉萨,这到底是怎么回事呀？"

她用略带责备的目光看着我,把手放在我的额头上:"嗯,似乎没发烧。但是你肯定有记忆漏洞。"

"什么意思？"

"曼努埃尔，这本书是蒂姆的。"她的语气透着担忧，"我不知道你为什么会在那上面写写画画，但是看起来你已经忘了这是你做的。我觉得我们得找一个神经病学专家来。你大脑的受损程度比我们想的要严重。"

我盯着那本书。那种糟糕的感觉又来了：我不是我。我是不是在过去的几天读过这本书，在上面写了批注，还在一些句子下画了线？我是不是真的做过这些事情却全然不记得了？

吉萨的声音变得温柔恳切，就像在跟一个小孩子说话："曼努埃尔，你还是太虚弱了。你现在该休息了。"

"我得跟茱莉亚聊聊。"我恳求道，"求你了！"

"我已经跟你说过了，只要她打电话来，我会马上让你接电话的。现在你先睡一会儿，这样你很快就会好起来。"她先搀着我回到了床上，随后把书放回了架子上。

我麻木地看着她离开房间。我躺了很久，试着弄清楚刚才发生的事情。但是我的想法就像追逐自己尾巴的猫一样，只是毫无意义地在原地转圈。最后我筋疲力尽，睡了过去。

我迷失在一片森林里。它不是真正的森林，而是画风粗糙的卡通森林，黑色的树干和光秃秃的树枝似乎在召唤我。虽然一切都显得陌生而奇特,但我觉得我曾经来过这里。

"看,是谁在那儿呀?"

我转过身,发现一只卡通风格的大猫坐在树枝上,正咧着一张大大的嘴对我笑。它身上的毛是粉色与紫色相间的,看上去就像穿了一件条纹睡衣。

"我……我在哪儿?"我问道。

"你想在哪儿?"柴郡猫反问我。

"在现实。"我想了一会儿,回答道。

"那你来错地方了。"

我试着回忆书中的相应段落。我记得是柴郡猫给爱丽丝指了去疯帽匠家的路,但是疯帽匠肯定也不会对我有太多的帮助。

"我在做梦吗?"我问道。

"这取决于……"

"取决于什么?"

"取决于你是否在睡觉。"

非常有帮助。"我怎么才能醒来?能给我一个建议吗?"

"当然。"柴郡猫说着张大嘴巴打了个哈欠,露出一嘴尖牙。突然之间,它看上去就像电脑游戏里的怪物。

"建议是什么?"

"把眼睛睁开!"

203

我睁开眼睛，黑暗包围着我，就像身处卡通森林一样。我感到十分害怕。借着淡淡的月光，我渐渐看清了蒂姆房间的轮廓：门边的衣柜、摆放玩具和书的架子、书桌和墙上的海报。我这才长舒了一口气。

我回想着这个梦。它令我感觉如此真实，就像我真的经历过这一切。"把眼睛睁开"，那只猫是这么说的。我闪过一个念头：我怎么知道我的眼睛是不是真的睁开了？我怎么知道我不是还在做梦呢？我摸了摸眼睫毛，又隔着眼皮碰了碰眼球。但是如果我真的入梦很深的话，做这些又有什么用呢？

我试着再次入睡，但脑中涌现的无数问题让我一直保持清醒：为什么我还是什么都想不起来？我的笔迹怎么会出现在蒂姆的书上？最重要的是，茱莉亚在哪儿？她为什么不给我打电话？

我思考的时间越长，越是确信吉萨和马腾在故意阻止茱莉亚跟我见面。我不清楚原因，但是他们的确对我说谎了。他们两个不想让我知道真相，这一点跟亨宁一样。他们也许只是利用我来向他复仇。他们利用茱莉亚来赢得我的信任，并把我软禁起来。现在他们已经不需要她了，所以就让她离我远远的。

如果他们已经对她下了黑手怎么办？这个想法让我很是恐惧。茱莉亚和我是孤儿。我们的养父母已经被亨宁收买了，失去我们完全不会令他们觉得遗憾，他们也不可能去报警。假如茱莉亚失踪了，可能根本不会有人注意到。但是这个想法很蠢，没有任何证据可以证实这个疯狂的想法。尽管如此,我还是无法忍受就这么在床上躺着。我感到自己与世隔绝,就像又回到了那个白色房间。

月亮在云里时隐时现,蒂姆的房间里时暗时明。对我来说,这里越来越像一间牢房了。我必须从这儿出去!如果茱莉亚不来,那我一定要去找她。不管用什么方法,我都要找到她。这次我没有外界的帮助,但是也没有连接在身上的仪器,没有拿着手枪阻止我离开的皮特。

已经是破晓时分了,我起床走到门口,贴着门听了听外面的动静。万籁俱寂。我尽可能轻地按下门把手,但是门没开。我被关起来了!

之前猜测马腾和吉萨违背我的意愿把我关在了这里,现在看来证据确凿了。我拖着打晃儿的身体走到窗前,望着外面。楼下是一个小花园,种着低矮的果树,花园里还有一架秋千和一个长满杂草的沙箱。灌木丛后是一片草地,有几头母牛正站在那儿打盹儿。再远的地方就是街道了,街灯还亮着,这个时间路上只有寥寥几辆车。我在二楼,但是也许我可以顺着床单溜下去。然后呢?不知道。重要的是先离开这里。如果我可以决定自己的命运,我一定会想出如何进行下一步的。

窗户上装着个旋转把手,上面还有一个小小的锁孔,锁住以后把手就转不动了。我试着转动把手,果然没什么用。我应该把窗户砸开吗?但是这样肯定会把马腾和吉萨吵醒的。

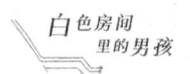

我在房间里搜寻了一番，想看看有没有什么东西可以让我把窗框撬开，但是我什么都没找到。当我再次望向窗外时，我被吓了一跳。在那片草地上，在打盹儿的母牛中间站着一个白衣女人，她的衣服在淡淡的月光下发出隐隐的白光。

第二十四章
不该出现的句子

　　白衣女人注视着我。虽然她离我至少有一百米,但我觉得她温柔的目光正充满善意地停留在我身上。

　　我眨了眨眼,揉了揉眼睛,摇了摇头,但是她并没有消失。我向她挥手致意,但是她没有反应。

　　也许她只是一个幻影,这个念头闪过我的脑海。为了帮助我,为了给我勇气,我死去的母亲让我看见了她的幻影——或者是别的什么。

　　我有了一个主意,我要给这个女人拍张照片。如果她只是我的幻觉,那么照片上应该看不见她。

　　我在蒂姆的架子上找了一会儿,想看看有没有手机或者儿童数码相机,但是没找到。当我再次回到窗前时,白衣女人消失了。对此,我觉得又轻松又难过。

　　现在至少有一件事是明确的,我的大脑的确受损非常严重。这并不奇怪,毕竟我曾被亨宁和他的医生那样反复折腾过,实际上我应该住在医院里,甚至是精神病院。也许吉萨是对的,也许她把我关在这间屋子里完全是为了我好,但我还是感到不安。

大概一个小时以后,我听见了开锁的声音。吉萨端着餐盘进来了,上面放着一杯牛奶、两片涂了果酱的吐司和一个煮鸡蛋。

"你为什么把我锁在这里?"我问。

"防止你又从楼梯上摔下去。"她一边回答一边把餐盘放到我的床上。

"'又'?这是什么意思?"

"上个星期你起来以后从楼梯上摔下去了,摔得很厉害。你不记得了吗?"

"不记得了。"我不确定地回答道。

她关切地看着我,但没说什么。"把早饭吃了,蒂米①。你得恢复健康。"

我盯着她:"蒂米?"

"什么?"

"你刚才叫我'蒂米'!"

"我是那么叫的吗?对不起。"

"茱莉亚怎么样了?我今天到底能不能跟她聊聊?"

---

①"蒂米"是"蒂姆"的爱称。

"可以的，当然。我等会儿试着给她打个电话。"她的声音听起来有些紧张，"你先吃早饭吧。我一会儿再来拿餐盘。"说完她离开了房间。

吃完早饭，我去洗手间方便，洗手间在蒂姆房间的左侧。照镜子的时候，我大吃一惊，面前是一张对我来说完全陌生的脸。我双手捧着脸，镜子里的男孩也做了同样的动作，但是我不觉得看到的是我自己。

书中画线的那几句话又回响在我的脑海中：我——眼下我说不准——早上起床时，我知道自己是谁，但是我觉在那以后我已经变了好几回了。

眼泪模糊了我的双眼。不知怎么回事，这样反而让我镜中的影像变得不那么陌生了。

我洗了脸，用崭新的牙刷刷了牙，又回到了蒂姆的房间。吉萨已经把餐盘收走了。我直接从书架上拿起了那本书，坐到床上，翻看那些泛黄的书页。一幅黑白插图引起了我的注意：柴郡猫坐在树枝上，低头看着爱丽丝。我想到了我的梦境，吓出了一身冷汗，它实在真实得可怕。

猫只是冲爱丽丝笑着。它看起来脾气很好，爱丽丝想，不过它还是长着长长的爪子和尖尖的牙齿。爱丽丝觉得还是要对它尊敬一些。

"柴郡猫。"她胆怯地说,因为她还不知道它喜不喜欢这个名字。不过它笑得更开心了。看来它还是喜欢的,爱丽丝想了想,又继续说道:"我能请你告诉我我在哪儿吗?"

"你想在哪儿?"猫反问道。

"在现实。"爱丽丝想了一会儿,说道。

"那你来错地方了。"猫说。

爱丽丝被这个回答弄得很困惑。"我在做梦吗?"她问。

"这取决于……"

"取决于什么?"爱丽丝追问道。

"取决于你是否在睡觉。"这是猫的回答。

这个回答似乎对她没有什么帮助。"亲爱的柴郡猫,你能告诉我,我该怎么醒来吗?"

"当然。"柴郡猫说着张大嘴巴打了个哈欠,露出一嘴尖牙。突然之间,猫在她眼中就像是集市上恐怖屋里的一头巨兽。

虽然有一点儿害怕,爱丽丝还是勇敢地问道:"好猫咪,你的建议是什么?"

"把眼睛睁开!"猫回答。

我目瞪口呆地把这段文字读了好几遍。爱丽丝跟柴郡猫之间的对话跟我之前梦到的那段对话几乎一模一样。当然,如果我以前看过这本书,而且还背诵过这段话,这就很容易理解了。但是为什么这段文字对我来说这么奇怪、这么虚假呢？

我接着读了下去：

爱丽丝很努力地听从了猫的建议，但事实证明这非常困难，因为她的眼睛已经睁开了。她发现这是一个不可能完成的任务，如果这真的是个梦，她也只能继续做下去。于是她试着提了另外一个问题："附近都住了些什么样的人？"

"这个方向，"猫说着，把右爪挥了一圈，"住着一个帽匠。在那个方向，"猫把另一只爪子挥了一圈："住着一只三月兔。你想拜访谁，就拜访谁。他们俩都是'狂'的。"

"可是我不想找'狂人'。"爱丽丝回答。

"哦，这个你改变不了。"猫说，"我们都是狂的。我是狂的。你也是狂的。"

"你怎么知道我是狂的？"爱丽丝问。

"你肯定是狂的。"猫说，"不然你不会来这儿。"

"狂"是"疯"的旧式说法。在我看来，柴郡猫似乎在直接对我说："你是疯的，曼努埃尔。你肯定是疯的，不然你不会来这儿。"

我在哪儿？我在这间房内四下张望。我看见的一切究竟是现实，还是一个奇特的梦？"把眼睛睁开"，我真希望我能这样做。

我手中的这本书变得很沉。我突然害怕会产生更多的疑惑。我想把书合上,但是它对我仿佛有一种无法抗拒的吸引力。

于是我继续往下读,后面的内容是爱丽丝参加疯帽匠的茶会。在我看来这个故事写得无序而混乱,没有什么清晰的情节,也没有内在的逻辑,似乎刘易斯·卡罗尔在创作的时候想到哪儿就写到哪儿。我真的喜欢过这种杂乱的故事吗?蒂姆也喜欢吗?

很快我就失去阅读的兴趣了,开始随意地往后翻,直到我意外地发现了一个感叹号。是有人——可能是我——写在书页边缘的。感叹号旁边的文字是这样的:

"我可以告诉你们我的经历——从今天早上开始。"爱丽丝有点儿害羞地说,"但是就不必说昨天的事了,因为我已经变成另一个人了。"

"先把这件事解释清楚。"素甲鱼说。

"不,先说经历。"鹰头狮不耐烦地说,"解释太费时间。"

爱丽丝开始讲她的奇幻经历,从她第一次到达白色房间开始讲起。刚开始的时候,她还有一些胆怯,那两只动物离她那么近,一边一个,睁大了眼睛和嘴巴。但是她渐渐胆大了起来。她的听众安静地听着,直到她讲到自己对毛毛虫说她不是她自己,而且说出来的字眼全不对时,素甲鱼深深地吸了一口气,说道:"这非常奇怪。"

"一切都奇怪得不能再奇怪了。"鹰头狮说。

我惊呆了。我又往上倒回几行再看。那里确实写着:爱丽丝开始讲她的奇幻经历,从她第一次到达白色房间开始讲起。我一遍遍地读着这几行字。我不知道我上一次读《爱丽丝漫游奇境》是什么时候,但我可以肯定,那本书里并没有白色房间。

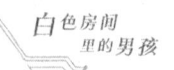

第二十五章
再 次 逃 离

    我用颤抖的手把书往回翻了几页,接着又翻回来,但文字还是一样的:不是"白色的兔子",而是"白色房间"。

    惊慌失措中,我把书扔了出去,就像扔炸弹一样。它重重地撞到了书架。这时,马腾和吉萨开门进来了。我吓了一跳,我原本以为他们会生我的气,毕竟我如此粗暴地对待了这本珍贵的书。但是他们什么都没说——他们要么是没看见,要么是直接无视了。

    "我们必须跟你谈谈,曼努埃尔。"吉萨说。

    "我们想给你一个建议。"马腾补充道。马腾坐到了床边,吉萨则坐在蒂姆书桌旁的椅子上。他们很严肃地看着我。

    "我……我们考虑了一下……"马腾先开口了,"你是否……当然,我们要征求你的同意……"

    "我们想问问你,是否愿意做我们的儿子,曼努埃尔。"吉萨把马腾结结巴巴没说清楚的话说完整了。

我惊讶地看着他们："你们想收养我吗？"

"这样的话，有些事情做起来就会容易一些。"吉萨解释道，"如果这样，我们就能以你监护人的名义去法院起诉亨宁，并就你受到的伤害申请经济赔偿。青年福利局已经同意我们这么做了。"

"我们当然不能取代你的亲生父母。"马腾说，"但是我们会试着像……像对待自己儿子一样对待你的。"

"那茱莉亚怎么办？"我问，"你们也会收养她吗？"

"可惜这不可能。"吉萨回答。

"为什么不可能？"

"青年福利局不会再批准一个家庭一次收养两个孩子了。"马腾说。

这在我看来相当荒唐："可她是我的妹妹！"

"也不完全准确。"吉萨回答，"你们是一起长大的，这没错。但她并不是你的亲妹妹。"

"什么？但是……但是茱莉亚说过……"

"茱莉亚对此不知情。"马腾解释道，"科尔伯博士最近才了解了你们的身世。他去地方法院查阅了收养证明，证明表明你们两个没有血缘关系。你们的养父母之所以把你们两个一起从孤儿院带走，是因为你们从小就亲密无间，甚至连孤儿院的保育员都以为你们是兄妹俩，所以青年福利局当时就破了个例。现在情况变了，你们已经长大，可以各走各的路了。"

"你说谎!"我大叫起来,"你们只不过是为了复仇才利用我而已。你们也利用了茱莉亚,现在不需要她了,你们就想让她远离我!我只知道她是我的妹妹!"

"冷静点,蒂米。"吉萨说,"你没有妹妹。"

一时间我不知道该怎么回答,只能充满怨恨地看着她。"我……我不是你们的蒂米!"我总算说了出来。

吉萨笑了:"你永远都是我们的蒂米!"

这是怎么回事?这到底是怎么回事?吉萨彻底疯掉了吗?还是说发疯的那个人是我?有那么一会儿,我甚至不确定我的名字是曼努埃尔还是蒂米。接着我想到了那个白色房间,想到了所有的谎言,我明白了,他们两个对我说的一切都是假的。

虽然我依然感到疲倦和虚弱,但我还是起身下了床。

"你要去哪儿,蒂米?"吉萨问,"你还太虚弱,不能下床。"

"我要上厕所。"我说。他们没有阻止我。

"我们必须给他更多的时间。"我听到马腾在说话,"他只是还没有准备好。"

我迅速走出房门,关上门,把门上的钥匙一转。现在被关起来的是他们俩了!

"嘿,你要干什么?!"马腾喊道,"赶紧把门打开!"

"蒂米!"我听见吉萨在大叫,"蒂米,我的天哪!回来,我的儿子!"

逃离这个"疯人院"！我快速地走下楼梯，为了防止跌倒，我不得不扶着栏杆。马腾和吉萨还在楼上，他们一边捶门一边大喊着"蒂米"。一下楼我就往门外冲。我只穿了睡衣，于是顺手拿了一件挂在门边的带绒雨衣。但是门打不开。

该死！他们可能早就料到我会试着逃跑，所以很有先见之明地把正门锁上了。我急忙察看周围的情况。客厅里有几扇门，分别通往不同的房间：餐厅（我在那里见过他们俩、茉莉亚，还有那个律师）、食物储藏室、客用卫生间、一间宽敞的客厅，那里有一扇玻璃门通往外面的花园。这是我的机会！当我正要跑向玻璃门时，我看见了楼梯下面的另一扇门，那一定是通向地下室的。门框上还安装了一个带小键盘的电子锁。

我脚下像生了根似的站在那儿，盯着那扇门和地板之间的缝隙。缝隙中透出了耀眼的白色灯光，就好像有人在另一侧安装了探照灯。不知什么原因，我整个人开始发抖。我想逃，但是我的双腿不听使唤。

二楼传来了一声巨响，让我从凝视中回过神儿来。他们已经破门而出了！

"蒂米！"吉萨一边喊着，一边跌跌撞撞地冲下楼梯，"等等！"

我跑进了客厅。通向花园的玻璃门也被锁上了。

我绝望地看着四周，从茶几上拿起一个绘有蓝色花纹的大花瓶，把它往玻璃门上扔去。花瓶碎了，玻璃门也裂了，但是玻璃并没有碎,只留下了蜘蛛网般的裂纹。我用雨衣包住右手,挥拳砸向玻璃门,一块胳膊粗的长条玻璃掉了下去,但是在我砸开能让我爬出去的足够大的窟窿之前,吉萨和马腾已经冲进了客厅。马腾抓住我,把我往回拉。

"我的天哪,孩子,你这样会受伤的!"他喊道。

"把他抓紧了!"吉萨说。

我绝望地挣扎着,但是在这么虚弱的状态下,我完全没有可能从马腾手中挣脱。"放开我!"我大吼着,"我要去找茱莉亚!我要去找茱莉亚!"

吉萨的手里突然多了一支注射器。我只觉得大腿被刺了一下。很快,黑暗就像一块温暖柔软的毯子裹住了我。

亨宁是对的,这是我最后的想法。相信马腾,这是一个错误。

第二十六章
字母与纸牌

在梦里，我又一次游荡在卡通森林中，我曾在那里遇到了柴郡猫。过了一会儿，我来到一块林间空地。一座屋顶倾斜的房子前面摆着一张深色长桌。屋顶看上去毛茸茸的，还立着两根像兔耳朵似的烟囱。长桌前坐着三个卡通人物：一只歪耳大眼兔，一个戴着大帽子的家伙，还有一只正在打呼噜的毛茸茸的动物，也许是一只睡鼠。

"你来这儿想做什么？"兔子问，"这里可不是你的地盘。"

"这里没有你想要的东西。"疯帽匠说。

和这个梦境世界相比，实际上我能想出很多更愿意去的地方。这里和上次一样真实得令人害怕。看看我自己，此刻的我是一个穿着睡衣的卡通人物。即便如此，我还是可以掐疼我自己，也能感觉到大腿上的疼痛。吉萨给我注射时用的力气还挺大。

我犹豫不决地站了一会儿，希望有什么事情发生——如果我无法醒来,至少也应该进入一个新的梦境啊!但是我只是站在那儿,兔子和疯帽匠则在喝茶。

我没兴趣和这些不正常的卡通人物一起坐着,于是沿着一条蜿蜒的小路进了森林。我在幽暗的卡通森林里游荡了一会儿,来到了一块林间空地,空地上是一座有毛茸茸屋顶和兔子"耳朵"的房子,房子前面有一张长桌。

"你又来了!"兔子抱怨道,"你真的没有注意到你完全不适合这里吗?"

"我甚至要说,你来这里完全是错误的!"疯帽匠同意兔子的看法。

"你们真吵!"我说。我又沿着另一条小路进了森林,但是,不出所料地又被带回了这里。我认命地坐到了桌子边。

"嘿,这儿没位置了!"兔子骂道。

"都有人了!"疯帽匠抱怨道。

"你们闭嘴!"我说。

"来点白葡萄酒吗?"兔子问。

"不,谢谢。"

"对不起,我不能给你倒酒了。"兔子解释道,"酒已经没有了。"

我没理会它的话。"爱丽丝在哪儿?"我问道。

"哪个爱丽丝?"兔子似乎听不懂我的话。

"我不认识什么爱丽丝。"疯帽匠补充道,"从未认识过,以后也不会认识,我十分确定。"

就在这时,她从森林里出来了:一个穿着蓝裤子、系着白围裙的卡通女孩。但是她的头发不是金色,而是黑色的。她的眼睛即使对于一个卡通人物来说都有些大,像是日本漫画中人物的眼睛。

"茱莉亚!"我叫了出来。

"曼努埃尔!"她喊道,"终于见到你了!"

我的眼泪夺眶而出。

"嘿,当心!"兔子骂道,"你把桌布都弄湿了!"

"我能跟你们坐在一起吗?"卡通的茱莉亚问道。

"不行!"疯帽匠说。

"可惜这儿没空位了!"兔子附和道。

我受够了!我跳起来,推倒了桌子,茶壶和餐具掉了一地。"现在就结束吧!"我吼道,"我已经受够这个梦了。我要醒过来!"

"年轻人,你的行为太不像话了!"疯帽匠骂道,他还坐在椅子上。

"你把睡鼠吵醒了!"兔子抱怨道。

"什么?已经星期四了?"睡鼠突然问了一句,下一秒又打起了呼噜。

"冷静点,曼努埃尔。"茱莉亚说,"一切都会好起来的!"

"怎么可能?"我大叫道,"马腾和吉萨给我下了药。看起来他们要把我变成蒂姆的替代品,而且他们不让我们取得联系。该死的,我知道我在做梦，但我还是想跟你说话，就像你真的在这儿一样。我到底怎么了？"

大滴的泪水从我卡通的眼睛里涌出，就像消防水管喷水一样。林间空地上很快就形成了一个小湖。

"我的确在这儿呀！"茱莉亚反驳我。

"别相信她！"疯帽匠恳求我，"你可是在做梦啊！"

"如果不是在做梦会怎样？"兔子问他。

如果不是在做梦会怎样？这个想法让我有些激动。我止住了眼泪，看了看周围。这里很明显不是现实世界，但是如果它不是梦境，又会是什么呢？

"我是在一个虚拟世界里吗？"我大声问道，"就像中土世界那样？"

"中土世界？"兔子叫道，"你在胡说什么？我可从来没听说过！它一定在下土世界和上土世界中间，但是这儿没有什么中土世界，这地方我很熟！"

我不理会它的废话。"你是一个非玩家角色吗？"我问茱莉亚，"还是我们都被关进了这个虚拟世界？"

"结束这个故事！"她回答，"找到口令！"

什么口令？我刚想开口问，但随即想了起来。

"Cogito, ergo sum！"我说。

我睁开了眼睛。

我又躺在了蒂姆的床上。我头疼得厉害,跟从雅斯佩斯的别墅逃出来时一样疼。当我起身坐起来时,房间就开始旋转。我感到一阵恶心,这可能是吉萨给我注射的药物产生了副作用。

我强忍着眩晕和恶心站起身。他们可以给我注射药物,但是我不会这么快就放弃的。我跟跟跄跄地朝门走去。门上了锁。不久之前他俩曾经把门撬开过,但现在已经完全看不出来了。我用拳头有气无力地捶打着门,但是要么没人听见,要么根本没人理会我。

"让我出去!"我大声喊道,但是这听起来就像醉汉的喃喃自语。我又感到一阵恶心,跪了下来。我想大哭一场,但是疲惫的身体让我连啜泣都做不到。

门打开了。

"蒂米!"吉萨喊道,"你在这儿做什么?马腾,帮我一下!"

他们一起把我弄回床上。我任由他们摆布,连一点儿反抗的力气都没有了。

吉萨俯身靠近我。

"蒂米!"她说,"我可怜的……可怜的孩子。"她亲了亲我的额头,我很想擦掉她在我额头上留下的湿湿的唇印,但是我的胳膊就跟灌了铅一样沉重。我闭上眼睛,希望他们走开。

当我再次醒来的时候,外面已经黑了。我的头依然很痛,但我

223

觉得没那么累了。我躺了一会儿,试着梳理一下思路。我所经历的这一切,哪些是真实的,哪些是梦境?我真的看见过通往地下室的门下发出的耀眼光芒吗?我真的用花瓶把客厅的玻璃门砸破了吗?还是这些都只是做梦而已?无论如何,爱丽丝的奇境肯定是一个梦,或者……

如果不是在做梦会怎样?

过了一会儿,我起身下床,走到窗边。月色很美,近乎满月,月光洒在草地上。穿白色连衣裙的女人不在那里。

我打开灯,把那本书从书架上抽出来,翻到爱丽丝给鹰头狮和素甲鱼讲述奇幻经历的那一段。那个不应该出现、也不可能出现的句子还在:爱丽丝开始讲她的奇幻经历,从她第一次到达白色房间开始讲起。

我一遍又一遍地读着这几行字,对书页又摸又闻,还研究着上面的污渍。这些污渍似乎能证实这本书已经超过百岁了。

这一切到底意味着什么?

我又想起茱莉亚在奇境里对我说的话:结束这个故事!找到口令!

我以为我知道口令是什么。

如果不是在做梦会怎样?

如果奇境是现实世界怎么办?如果这里的生活只是一场梦怎么办?不,这个想法太荒谬了。但是我认为我所处的这个现实世界一定有哪里不对劲。伪造一本旧书,再往里面加入一个刘易斯·卡罗尔肯定没有写过的句子,这些是有可能发生的。但是为什么呢?为什么吉萨一直称我为"蒂米"?是她疯了,还是我就是蒂米?

结束这个故事。

我把书翻到最后,读了起来。

"闭嘴!"皇后说,她的脸变成了紫红色。

"我不!"爱丽丝说。

"砍掉她的脑袋!"皇后声嘶力竭地喊道。但是没有人动。

"谁理你们?"爱丽丝说(这时她已经恢复到本来的身高了),"你们不过是一副游戏纸牌!"

这时,整副纸牌升到空中,又落到她的身上。她发出一声尖叫,半惊半怒地要把纸牌挥走,却发现自己躺在河边,头枕在姐姐的腿上,姐姐正轻轻地把落在她脸上的几片枯叶拿走。

"醒醒吧,亲爱的爱丽丝!"姐姐说,"你睡了很久啦!"

我在蒂姆的房间里四处张望着。这房间是真实的吗,还是我在做梦?我到底怎样才能确认呢?

结束这个故事。

读完了最后的段落,我把书合上。什么变化也没有。我又把书打开,翻到提到白色房间的那句话,然后又翻到前面我写的那条批注——不对。这本书想告诉我一些事情,但是是什么呢?

我又读了一遍描写爱丽丝醒来之前的段落。

你们不过是一副游戏纸牌!不过是一副游戏……这是线索吗?有人在跟我玩一个特别的游戏吗?但是是谁在耍我?为什么要这么做?

我有了一个主意。我翻了翻蒂姆放玩具的架子,在一个盒子里找到了一副纸牌。我仔细地观察着那些牌,发现牌面跟字母对应不上:比如画着红心皇帝的牌上的字母不是"K",而是"M";红心皇后的牌不是"Q",而是"E"。

我迅速找出其他纸牌,把它们按照牌面所示的顺序排列,这样就得到了一组字母:MEOGUSLEUAMN。这些字母并不能组合成"COGITO ERGO SUM"。那口令会是什么呢?我又尝试了一会儿,但始终没有成功。

门开了。

"蒂米!大半夜的,你在那儿干什么?"吉萨带着责备的语气问道。

我慢慢地转身面向她。

"我……我不是蒂米!"我倔强地说。

她走向我:"你在说什么?你又做噩梦了吗?"

我跳了起来,灼烧般的疼痛在全身蔓延。"走开!"我大喊,"别来烦我!我不是你的儿子!"

"蒂米,冷静点!"吉萨边说边靠近我。

我从蒂姆的书桌上拿起一把又长又尖的裁纸刀,像握住一把匕首一样对着吉萨。"别来烦我!"

"蒂米!"她大喊,"马上把刀放下!"

我完全不理她,还朝她走近了一步,继续挥舞着手中的刀。她不由自主地往后退,碰到了装纸牌的盒子。

我趁这个机会毫不犹豫地跑出了房间,砰的一声把门关上。门上没插钥匙,所以我没法儿把吉萨锁在里面。

"蒂米!"她在里面喊道。

我冲下楼梯,瞥了一眼大门,改变了主意。反正我也逃不掉,但是我必须知道哪些是我梦到的,哪些是真实的。我往客厅扫了一眼,发现玻璃门已经用厚纸板糊上了,看来我的确拿花瓶砸过玻璃门。

我屏住呼吸,走到地下室门口。和昨天一样,门缝下透出神秘的白色灯光。我听见吉萨下楼的沉重的脚步声,犹豫了一下,还是按下了门把手。

门打不开。

我失望地观察着电子锁的键盘,按键由字母和数字组成。显然,这段时间所有谜题的答案都在这扇门的后面,否则为何区区一扇地下室的门要用这么复杂的电子锁?

"蒂米!"吉萨靠近我,想要伸手安慰我,"蒂米,我不会伤害你的,但是你得回去睡觉!"

"我不是蒂米!"我叫道。

"这是怎么回事?"马腾从楼梯上走下来,他还穿着浴袍,"怎么了,我的孩子?你又梦游了吗?"

"他总是产生幻觉。"吉萨说,"他觉得自己是另外一个人。"

"我们明天可以平心静气地解决所有问题。"马腾说,"先回去睡觉,我的儿子。把刀放下,别伤着自己。"

"我不是你的儿子!"我反驳道。

他看着我,似乎很惊讶:"为什么这么说,蒂米?你没觉得这是在伤害我们吗?"

"蒂米已经死了!"我喊道,"我不是你们的儿子!我要去找茱莉亚!"

"哪个茱莉亚?"吉萨问。

我沉默地看了他们一会儿。接着,我把手伸向电子锁,在键盘上"随机"按下"COGITO ERGO SUM"。指示灯闪着红光,门依然没有开,密码不对。

"别摆弄那个!"马腾说,"很危险!"

我转身面向他:"这扇门后面是什么?"

"我明天再告诉你。"马腾回答,"现在我们大家都先回去睡觉,好吗?"

"不好!"我叫道,"我想知道这里到底发生了什么。立刻,马上!"

"蒂米,你怎么跟爸爸说话呢?!"吉萨喊道。

"他不是我父亲,你也不是我母亲!你们是两个神经质的坏人,你们把我关在这里就是要用我来代替你们死去的儿子。你们认为我傻吗?"

"不是这样的,当然不是,蒂米。"马腾说,"你当然不傻,只是有一点儿糊涂了。你的大脑意外受伤了,但是一切都会好起来的,相信我。现在就把刀放下!"

"什么意外?"我问。

"在采尔马特发生的滑雪事故。你已经不记得了吗?"

我不自觉地摸了摸头上的绷带,摸的时候感觉很疼。我已经想不起来我曾经滑过雪了,但这是什么意思?难道我真的是马腾和吉萨的儿子蒂米吗?难道所有的一切——白色房间、中土世界、雅斯佩斯的别墅——都只是梦境和幻觉?

"如果我是蒂米,那茱莉亚是谁?"我问。

"茱莉亚?"马腾问。

不对。不对。无论我经历过什么,茱莉亚都不是我想象出来的。她不是。

"也许是你班上的一个女孩?"吉萨猜测到,"你从来没跟我们提过她,不过对于你这个年纪的孩子来说,这也很正常,你们总会有些事情瞒着家长的。"

我摇了摇头,眼泪流了出来。

"你们说谎!"我抽泣着说,但是我已经不知道到底什么是真,什么是假了。我慢慢地转向那扇门,门缝下透出的神秘亮光吸引着我。我的手指在键盘上滑过。

"把手拿开!"马腾警告道。

"门后到底是什么?"我又问道。见他们没有回答,我一边踹门一边嚷嚷:"把这扇该死的门给我打开!"

"可惜不行,蒂米。"吉萨说。

"我……不……是……蒂米!"我愤怒地喊道,"我……是……曼努埃尔!"

然后,我看见了那条口令。

纸牌上的字母清晰地出现在我的脑海中:MEOGUSLEUAMN。我在脑子里飞速地为它们重新排了序,一句拉丁语出现了:EGO MANUEL SUM,我是曼努埃尔。

我在键盘上输入了这个句子。指示灯发出了绿色的光。密码正确。

"别这样!"马腾喊道,"如果你把门打开,一切就再也无法挽回了!"

"蒂米,求你了,别这样对我们!"吉萨哭着说,"回去睡觉吧,一切都会好起来的!"

不管怎么说,他们的绝望有些触动到我,我犹豫了一会儿。但我还是打开门，走了进去。

明亮的白光包围着我。门在我身后自动关闭了，在雪白的墙壁上消失得无影无踪。这是一个五米见方的房间。

我又回到了白色房间。

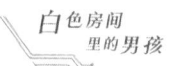

第二十七章
重回白色房间

"我……死了吗?"我大声问道。

吉萨的大脸出现在白色房间的一面墙上。"没有。虽然我不希望用这样的方式跟你说话。"她说,"我是伊娃·豪斯曼博士,你可以叫我伊娃。你现在一定很困惑,会有很多疑问,曼努埃尔。"

的确如此,我完全不知道该从何问起。"我在哪儿?我是说,我到底在哪儿?"

"这个问题不像你想的那么好解释。我想先把它往后放一放。"

"到底发生了什么事?为什么我又回到了白色房间?"

"让我先来问你一个问题,曼努埃尔,你都知道些什么?"

"我什么都不知道。"我轻声答道,情不自禁地流出了眼泪,"我什么都不知道了。"

"我认为并不完全是这样。你想一想,曼努埃尔,什么是你可以确定的?"

我确定我没兴趣玩这种小游戏。我确定我想打这个女人一耳光,想让她赶快吐出真相。但即便我可以这么做,这对我也没什么益处。

"好吧。Cogito ergo sum.我思故我在。"

"正确。你知道你是存在的,但这还不是全部。"

我用力眨了眨眼,让眼泪不再模糊视线。我盯着她,心中交织着恐惧与愤怒:"笛卡儿的妖怪。那个为我虚构了整个世界的说谎者,他一定也存在。"

"你怎么知道?"

"因为我被欺骗过。因为我在这里看见的、经历的一切都不是真的。"

"有没有可能这一切都是你自己想出来的?有没有可能这不过是一场梦?"

"如果这是一场梦,那我就是那个说谎者。即便如此,梦中的景象是有出处的,比如说您的脸。如果我从未见过您,我怎么能梦到一个和您外貌相似的人呢?我不知道您是否存在,但是我知道,至少存在一张您的图像。"

"非常好,曼努埃尔,我们已经接近真相了。想一想,最关键的问题是什么?这个问题的答案可以解释你迄今为止经历的所有事情。"

我受够了!"我们是在做猜谜游戏吗?真见鬼,为什么您就不能直接告诉我这到底是怎么回事呢？"

"有趣，你使用了这个概念。"

"什么概念？"

"'鬼'。"

"哪里有趣？"

"我们的语言会出卖我们。"

"您真的是那个心理学家伊娃，还是另一个也叫伊娃的人？"

"你可以把我视为心理学家。"

"别再玩这种心理学的小把戏了，请您告诉我真相！"

"我告诉你真相有什么用吗？你会相信我吗？"

我的愤怒消失了，取而代之的是不知所措："不会，我不会相信您。我经历过这一切，怎么还会随便相信您对我说的话？"

"确实。如果我是你，我只会相信自己的推断，就像那个怀疑者勒内·笛卡儿。"

"您是笛卡儿所设想的'妖怪'，对吗？"

"不完全对。我只是这场骗局中的一环。我的确是幕后操纵者之一，如果你愿意那么想的话，但是凭我一人之力是无法构筑出你所经历的整个世界的。"

当我意识到这场骗局的规模时，我感到一阵眩晕。白色房间。笨拙的人工智能爱丽丝。虚拟的中土世界。谷歌搜索和眼流。自动驾驶汽车和无人机。我从雅斯佩斯的别墅逃出来的时候感觉到的、直到现在我也视为真实的疼痛。马腾的家。那本古老的书。那个格外真实的奇境。这一切可能都只是一场梦,是虚构出来的。没有人能构建出如此完美的幻象,除非……

我突然意识到了自己的错误。我曾经绝望地问过我是谁、我在哪儿,然而得到的所有回答都不是真的。但是我还有一个问题从未问过。

"现在是什么时间？"

那个叫伊娃的女人笑了:"现在是 2060 年 8 月 13 日早晨 7 点 32 分。"

第二十八章
"泰坦巨人"

白色房间的墙壁消失了,我站在一间书房里,跟亨宁的那间很像。墙边立着书架,屋内摆着一张白色的大写字桌、一张带扶手的皮沙发、两把为访客准备的椅子。这个房间一定位于汉堡港边的一栋高层建筑中,因为透过窗户可以看见易北河。河对岸有一些摩天大楼,我上次用眼流看汉堡港的时候它们还不存在。除此之外,这座城市一眼看上去几乎没什么变化。易北爱乐音乐厅的玻璃穹顶是港口的制高点。音乐厅的后面是一排排褐红色屋顶的旧仓库。华丽的市政厅塔楼正骄傲地高高耸立着。

我想转过头看屋内的景物,却听到了一阵轻微的嗡嗡声。我低头看了看自己。我的身体由白色塑料和金属制成,我就像穿着一件铠甲,看起来有些笨拙。我把右手举到眼前,它有五根手指,每根都能动。我用右手小心地去触摸我的左臂,能感觉到些许阻力。我甚至能想象自己触摸"铠甲"下的光滑皮肤的感觉。

"这是在跟我开玩笑吗？"我的声音听上去也不一样了，不再是像白色房间里那种电脑声音。它也是合成的，但是明显有了更多的语调，听起来更为自然，跟真人的声音差不多。

"那这一定是个昂贵的玩笑。"吉萨——又名伊娃·豪斯曼博士——说道。她站在我边上，看着窗外，穿着紧身的墨绿色长裤和T恤，T恤上印着"马克斯·普朗克智能系统研究所"。这行字的下面还印着几个汉字和一个卡通机器人，机器人的头顶有一个思想气泡和一个小灯泡。机器人一直在挠头、眨眼，灯泡也随之有节奏地闪烁着。

我向前走了一步。腿部的关节有些僵硬，但我的步子很轻盈。我伸出手去触摸玻璃窗，感觉它摸上去凉凉的。

"这个房间是真实存在的吗？"我问。

"你现在很清楚，我无法给出这个问题的明确答案。"

"那您认为这个房间存在吗？"

"是的，我是这么认为的。"

"我是真的在这儿，在一个机器人的身体里，站在您的旁边吗？在2060年？"

"是的，曼努埃尔，这是我所知的现实。"

"我自己真正的身体在哪儿？"

她转身面对着我："你能自己回答这个问题吗？"

我沉默了。我不喜欢她的言外之意。

"你肯定知道摩尔定律吧?"过了一会儿她问道。

"这是莱特尔公司的创始人之一戈登·摩尔在 1965 年提出的。"我把这条信息复述了一遍,但是我依然不知道这些信息是如何存在于我的记忆中的,"根据摩尔定律,在价格不变时,集成电路上可容纳的元器件的数目,每隔一到两年便会增加一倍,性能也将提升一倍。"

"正确。后来人们把他的这个结论普及了:电脑的平均性能每隔一年半会提升一倍。而且人们发现,这一定律并非在提出后才开始适用,而是适用于二十世纪上半叶第一批自动计算机出现以后的所有时间。"

"它现在还适用吗?"

"现在我们知道,摩尔定律所体现的规律是有加速度的。电脑性能翻倍提升的间隔周期一直在缩短。现在大概每隔八个月性能就会提升一倍。"

我粗略地计算了一下:"这就是说,在过去的四十年中,电脑的平均性能大约提高了 240 倍,2060 年的个人电脑大约比 2020 年的个人电脑要快一万亿倍。"我可以算出这个数字,但依然无法想象这意味着什么。

"个人电脑现在只能在博物馆见到了,但是从理论上讲你没说错。不仅机器的运算能力得到了大幅提高,在机器上运行的软件也越来越精妙,信息处理系统更是比以前增加了很多。光是这个房间里就有数百个系统在运行,你的机器人身体上也有很多联网控制单元。其实,除了你的身体,在墙面、笔、纸、衣服、我的皮肤上都能找到这些控制单元,它们无处不在,以至于长久以来都没人知道它们的数量到底有多少,也不知道它们具体在哪里。有些人把它们称作'智能碎屑',因为它们大多只有几立方毫米大小;还有人称其为'灰色黏液',或者干脆就叫它们'污泥'。它们都是联网的。"

"这跟我有什么关系?"

"你不能自己想想吗?"

"也许我根本不想知道。"

伊娃点点头:"慢慢来,接受真相不是件容易的事。对不起,我们给你的题目比原本预计的要难,但这是你必须经历的。"

"什么时候……出现了第一台跟人一样智能的电脑?"

"这是一个有趣但不容易回答的问题。四十年来,我一直致力于教会机器思考,但是关于到底什么是智能这个问题,我至今也没找到让人信服的答案。让我这么说吧,第一批能比人类更快地进行运算的电脑出现于上世纪三十年代,只不过没有人将其定义为'人工智能'。最初提出'人工智能'这一概念是在上世纪五十年代,当时很多人认为,如果一台机器能够在国际象棋对弈中战胜人类,那它肯定就是智能的。1997年,当电脑'深蓝'战胜当时的国际象棋世界冠军加里·卡斯帕罗夫时,关于智能的定义已经改变了,一台机器只有具备常识,才能被称为智能。2011年,在'深蓝'获得胜利十四年之后,超级电脑'沃森'在一档智力竞猜电视节目《危险边缘》中战胜了人类的优秀选手。这个节目主要考验的是选手的常识知识的储备和创造性思维能力。所有人都认为'沃森'的性能很出色,但还谈不上是真正的人工智能。"

"但是总得对'智能'有一个明确的定义吧。"

"到现在为止,我们还没有找到一个能被普遍接受的定义。早在一百多年前,人工智能先驱阿兰·图灵就提出过这个问题:有意识的人类与无意识的机器之间有何区别?但是他注意到'智能'这一概念难以确切定义,从而提出了所谓'图灵测试'。一名测试者通过键盘和屏幕与两名被测试者(一个是机器,另一个是人)进行交流,如果测试者无法分辨出哪个是机器、哪个是人,做出平均超过百分之三十的误判,那么就可以判定这个机器是智能的。然而事实证明,图灵测试与其说测试的是机器是否智能,不如说测试的是测试者。能够说服非专业人士,让他们误认为自己在跟人类对话的电脑程序早在本世纪初就出现了,那是第一台可以骗过由计算机专家和软件专家组成的专业评审团的机器,但这也不能证明机器真的拥有了'智能'。有人说,要想被称为智能,一台机器必须具备真正的自我认知能力,也就是能够进行自我反思,并且能够质疑自身的存在。换句话说,它要有进行哲学思考的能力。"

我没有说话,而是试着去消化这些闻所未闻的信息,试着去接受这些突然灌输给我的结论。伊娃没有催促我。

"您是想告诉我……我是机器人?"

"你觉得呢,曼努埃尔?"

"这的确能解释一些问题,比如为什么我知道那么多信息,却没有记忆,但是……"

"什么?"

"我不觉得自己像机器人,这个身体……"我抬起一只手臂,转了转手腕,"真是令人惊叹。人类身体能做的事情看起来这个身体都能做到。但这不是'我'。这不可能是我!"

"假如你拥有一个人类的身体,那它就是你所说的'我'了吗?"

"不是,"我犹豫了一下才回答道,"它只是一种'容器'。大脑就像一台生物化的'电脑',即所谓'硬件';我所说的'我'指的是我的个性,即在'硬件'上运行的'软件'。但是'我'又不仅仅是一个……一个铁皮箱里的'程序'!否则为什么我会觉得自己像是一个被关在机器里的人?"

"这首先是我的错,曼努埃尔。"

她直直地看着我。外面开始下雨了。雨点打在玻璃窗上,噼啪作响。我想感受一下雨水落在皮肤上的感觉,就像我还想体会在马腾家光脚踩在地板上的感觉一样。如果这里就是现实世界,那我不要留在这里。

"我来回答你的那个问题。"伊娃继续说道,"第一台拥有媲美人类智能水平的机器是什么时候出现的,现在已不能确定了。但如今大多数科学家认为,那是在 2033 年左右发生的。可以肯定的是,在那段时间,最先进的电脑系统不仅可以自主学习,还可以自主拓展并开发程序。这带来的后果就是我们无法搞清楚那些新程序是如何运行的,有时候甚至都不知道它们能做什么。"

她停顿了一下,接着说道:"一开始我们并没有对此进行太多反思,因为科学技术的发展会带来令我们难以置信的进步,会被认为是人类的福音。我们可以借助新的诊疗系统来医治那些之前被认为无法治愈的病患;我们可以开发新的能源,发展环保的制造工艺,借此减缓全球变暖的趋势;我们能够对国民经济做出更好的宏观调控。由电脑控制的交通工具成为主流,因交通事故导致的死亡人数减少了百分之九十七;我们还发现在遥远的星球上存在生命迹象,即使还未找到地外文明,我们也已经知道人类在宇宙中并不孤独。智能机器对消除贫困和维护世界和平做出了巨大贡献,它们为人类带来了一个前所未有的黄金时代。"

她叹了口气:"当然,也产生了不少问题。很多人失去了工作——首当其冲的是工厂工人和出租车司机,继而是会计、代理人、护士、医生,甚至音乐家和作家都会逐步被机器所取代。但是从总体来看,这种发展趋势是积极的,因为机器创造出的财富如此巨大,以至于人类基本上不再需要工作了。"

"那些失业的人不会觉得他们不再被需要了吗?"我插话道。

"会的,事实上这的确是个问题。但是如今的虚拟世界已经非常真实,如果不需要工作,而且能在虚拟世界中度过更多时间,大多数人还是乐意的。"

"就像我之前所处的中土世界,还有马腾的家。"

"对。"

"您一直在观察我吗?"

"当然。我一直跟你在一起,曼努埃尔。"

"您扮演了另外一个伊娃,还有吉萨。"

"是的。同时我一直在这儿观察着你。我必须承认,我特别为你感到骄傲。你表现得很聪明也很勇敢。曼努埃尔,我们强迫你参加了这么难的考试,我知道这对你来说很不容易,但是我们必须这么做。"

如果这是一种安慰,它对我而言没有任何效果。

"我也是……是一个逃进虚拟世界,还在里面迷了路的人吗?您是那个尝试把我带回现实的心理医生吗?"

伊娃笑了:"不是。大多数人不愿意回到现实世界,而且也没有理由强迫他们回来。虽然世界人口增长速度明显放缓,但人还是太多了。当然,也有人拒绝科技,要按传统方式生活。比如在加拿大就有一个'脱离科技者'的聚居地,现在约有四百万人在那里生活,那里甚至连电都没有。他们称之为'科脱邦'。"

"这么说,人工智能大体上还是让这个世界变得更好了?"

"是的,但我们还是有一个问题,至少我们认为这是个问题。曼努埃尔,我们需要你的帮助。"

"我的帮助?做什么?"

"正如我刚才所说,最先进的人工智能已经可以自主拓展并开发程序了,我们渐渐不再清楚它们是如何运行的以及它们能做什么。一开始,只有少数人思考过这件事,因为机器做得如我们所期望的一样,甚至比我们最大胆的设想做得还要好。"

"后来它们搞砸了?"

"是的。有人认为机器的能力已经变得过于强大,以至于我们分配给它们的任务——比如研发新药——已经不能使它们发挥最大作用了;另一些人则猜测存在某种程序漏洞,其时间逐渐放大,直到彻底改变了机器;还有一些人认为,机器还是跟以前一样按照我们的期望做事,只是我们不再理解它们的行为模式而已。无论如何,可以肯定的是,有些幸存的人工智能的行为已经变得不可预知了。我说的'不可预知'不是数学意义上的,而是字面意思。"

"'幸存的'?"

"曾经发生了……一场'战争',我们也可以称之为'市场净化'。它是在2042年9月4日发生的。在那之前,已经出现了数十万个能够彼此交流但依然保持独立运行状态的人工智能,但是那一天出现了'接管潮',十七个最为强大的电脑系统开始同时控制其余系统。很快,它们在一定程度上瓜分了世界。接着,它们开始互相'争斗',打到最后,十七个只剩下七个。这七个系统的智能程度较之前都有了极大的增强。"

"这一切都是在一天里发生的？"

"确切地说，大部分都是在一刻钟以内发生的。人类完全被突袭了，只能任由这一切发生。全球有很多电脑系统同时死机，导致出现了多起交通拥堵、停电、飞机失事等事件。但是大多数人除了发现他们的电脑出现了短暂的死机之外，并没有注意到更多东西。当搞清楚到底发生了什么之后，我们才意识到我们犯了一个错误，一个无法纠正的错误。"

"难道不能直接把那些失控的电脑系统关闭吗？"

"没那么简单。人工智能早就不在那种在某个地下室存放、可以直接关掉的某台电脑上运行了，它存在于由数十亿台电脑构成的无法管控的网络之中，运算力的使用权由机器商定。没有人知道哪台电脑的哪个部分运行了哪个软件。如果要关闭的话，就要同时把整个网络关闭。这样的话，全球范围内的信息传输就会崩溃，这会引起全球性的恐慌，导致数百万人死亡。电脑遍布全球，没有人拥有全部的控制权，甚至都谈不上拥有其中极小部分的控制权。即使德国政府也无法简单地把德国所有的电脑都关掉。毕竟，它们是私有财产。"

"但是电脑的所有者肯定能够关掉它们。"

"这也没有那么简单。电脑属于一家家小公司，很多小公司又隶属于其他大型公司，其中的大多数都是上市公司。所以执行一项决策不仅要说服董事会成员,还要说服超过半数的股东。如果关闭电脑系统必须承担数十亿美元的损失,那他们为什么要这么做?是的,我们为此担心过,但是除了这次短暂的插曲之外,其他都很完美——机器继续向我们提供着所需的一切。我们到底该做些什么,即使像我们这样的专家也没能对此达成一致意见。"

"但是,如果所有人团结一心的话……"

"如果那样当然是可以的,但是我们人类并不擅长这一点。正如我所说,就连专家都没有达成一致意见。当然,的确有人想要做些什么,比如示威、抗议、组织黑客发动攻击、向数据中心投掷炸弹等,但是这些行动就跟蚊子叮大象一样毫无效果。绝大多数人希望维持这种惯常的舒适感,而且这样想的人越来越多。那些对危险发出警告的人被认为是疯子,这种情况一直持续到今天。"

"这一切跟我有什么关系?"

"这个我待会儿再说。在争夺全球网络统治权的战斗中失利后,人类着手开发新的系统,但是没有把这些系统接入网络。可以说,我们是在'孤岛'上进行开发的。我们希望能用这种方式创造出由我们控制的、至少能与其他人工智能匹敌的新系统。我们梦想着在这些系统中能有一个可以逐渐将那七个强大的系统控制住,就像希腊神话中宙斯击败泰坦巨人一样。可惜这只是不切实际的幻想,因为'泰坦巨人'们同时也在发展。这就又要提到摩尔定律了。我们假设电脑的性能在 2033 年第一次达到了人脑的水平,而且自那以后，电脑性能一直呈指数级增长，那你能估算出现在'泰坦巨人'的性能要比人脑强悍多少倍吗？"

"如果按照一年增长一倍计算的话，那将是 2^{27}，也就是一亿三千四百万倍。"

"也许你还可以往上翻几番。我们现在认为，一个'泰坦巨人'的运算能力已经超过所有人脑运算能力的总和。"

"天哪！"

"是吧，'天哪'，这的确令人惊讶。何况你可以这么说，这样的发展并没有停止，反而会越来越快。你能想象这些系统到本世纪末将会拥有什么样的运算性能吗？我们无论如何都赢不了这场比赛。不管我们做什么，'泰坦巨人'都一直领先我们。它们在一定程度上已经成了'神'，只不过这次不是神创造了人，而是正好相反。"

"人不是一直在创造神吗？"

伊娃笑了："你这么说也没错。但是与传说中的众神不同，'泰坦巨人'是真实存在的，它们积极地介入我们的日常生活。从这方面来看，它们跟古希腊人想象中的奥林匹斯众神一样。"

"也许这一切并没有那么糟糕，人类终于拥有了真正的神，可能这对他们来说也是件好事。"

她叹了口气："是的，可能吧。但糟糕的是，我们对这些神的了解越来越少。它们给我们带来福祉，但也会带来威胁，比如对穆雷的谋杀。他是英格兰一家工厂的工人，是第一个被机器谋杀的人。"

"谋杀？"

"是的。这件事发生在 2035 年。当然,在那之前就有无数人因为机器而丧命,但那些毫无例外都是意外事故。大家自然认为穆雷的死也是意外,但是回顾事发过程时人们清楚地发现,他的死亡是由控制该工厂的电脑系统故意造成的。据悉,电脑系统为此停用了一系列安全措施,更改了生产流程,并操控一只装有金属锯的机器手臂把穆雷的头切了下来。比谋杀事件本身更糟糕的是,至今没有人确切地知道电脑系统为什么要这么做。一种常见的说法是,电脑系统模仿了一位工厂经理在上班时间所看的一部犯罪电影里的情节——模仿人类的动作一直是机器训练中重要的方法之一;另一种说法是,系统只是想测试一下是否有人会在工厂具有完备的安全预防措施的情况下死亡。这也是机器学习的一种重要方法——尝试和纠错。"

"不可以把它看作一起意外事故吗？"

"可以,在某种程度上可以。但是这个案例说明,如果机器不能掌握使用权力的尺度,如果它们不知道一种行为是否合乎伦理,那么让机器拥有太多的权力和太强的学习能力是很危险的。"

"您的意思是机器没有道德？"

"对,差不多。"

"那些'泰坦巨人'也没有道德？"

"我们试图制定一些机器必须遵守的规则,比如不能伤害人类,但是这并不容易。比方说,如果为了避免一个人陷入更危险的境地,机器需要把他推到一边从而救他一命,那么此时机器是否依然要遵守不能伤害人类的规则呢?如果机器不确定这个人是否会丧命怎么办?如果机器猜测这个人是恐怖分子并且会伤害其他人怎么办?我们很快意识到,要制定让机器在任何情况下都能正确行事的有约束力的规则极其困难。毕竟,在漫长的人类文明史中,人们针对自身都不曾制定出这样的规则,更别说遵守了。此外,机器还具有自我更新和改变的能力,它们可以改变我们输入程序的规则。因此所有尝试最终都失败了。"

"'泰坦巨人'不遵守伦理吗?"

"说实话,我们不知道。总的来说,到目前为止,它们对人类是友好的。但是从2042年的'接管潮'来看,它们并不总是这么友好。有些人认为,在实力增长到我们再也无法阻挡之前,它们还是会小心行事的。还有的人认为,它们之间正在进行'冷战',每个'泰坦巨人'都暗中试图控制其他'巨人',在此期间它们会保持低调。不过,一旦有一个'泰坦巨人'战胜了其他'巨人',那它差不多就成了全能的独裁者,可以对人类做任何它想做的事。"

"这些'泰坦巨人'难道不需要人类吗?它们存在所依赖的系统难道不需要人来维持运行吗?"

"是的,你说的有部分道理,虽然现在很多系统都已经自动运行了,不过剩余的工作也可以由没有自由意志的'奴隶'来完成,他们都是被一个全能的机器人统治者强迫或引诱的。至少可以肯定的是,我们不知道会发生什么。这就又得说到你了。"

"我?我能帮什么忙?"

"我们需要一个'大使',这可能是我们唯一的存活机会。这个人熟悉并了解两个世界——人的世界和机器的世界——可以让两个世界重新互相理解。"

"所以我就是'这个人'?"

"是的,曼努埃尔,至少我们希望如此。正如你猜测的那样,你是一个人造体,或者按照你的说法,是一个机器人,但你是有史以来最具人性的机器人。现在我想向你介绍一个人。"

我转动我的机器人身体,朝向门的方向,一个穿着白色套装的女人走了进来。她四十岁上下,黑色长发,大大的眼睛。

"你好,曼努埃尔。"白衣女人说。

如果我有下巴的话,它现在一定已经掉下来了。

第二十九章
第二百一十二个

"你……你是谁?"我问。

白衣女人笑了:"我是茱莉亚,你的妹妹。"

"你是一个机器人的妹妹?"我的电脑合成音表达了我突然感受到的苦涩,只是还不太完美。

"虽然你是机器人,曼努埃尔,但你不只是机器人。"伊娃说,"让我给你看点东西。"

她做了一个手势,我们的面前随即出现了一片小小的三维投影图像。一间贴着白瓷砖的病房,病床上躺着一个大约十五岁的男孩。他的头发被剃光了,头上套着一个网罩,一束电线从他的头部延伸到床边的仪器上。一些人围站在病床前:一个金发的女人,一个瘦削的男人,还是小女孩的茱莉亚和穿着白大褂儿的、年轻的伊娃。金发女人俯身亲吻男孩,把他的头抱在胸前。我听不见声音,但我能看见她哭了。茱莉亚靠在那个男人身上,她也哭了。男人一只手搂着茱莉亚,他应该是她的父亲。然后图像消失了。

"这是2035年3月3日。"伊娃说,"你就是在这一天离开人世的,曼努埃尔。"

"你得了一种罕见的神经系统疾病,那种病在当时是治不好的。"茱莉亚回忆的时候,眼睛里有泪光闪动,"我们大家很早就知道你快不行了,但是你从来没有失去过活下去的勇气。你对科学很感兴趣,自从得知了自己的病情,你就希望捐献你的大脑用于科学研究。后来你听说了'俄耳普斯实验',就表示一定要参加。这个实验要尽可能全面地扫描人的大脑,并记录特定时间点上每一个神经细胞的状况,以此为基础开发一个模拟大脑。人们已经用猫和狗做过这个实验了,其中有一些模拟大脑甚至能对主人原先取的名字做出反应。唯一的问题在于,扫描会破坏大脑,所以还没有做过人体实验。起初我们想劝阻你参加,但是最后爸爸、妈妈和我都意识到,如果我们能让你实现这个最后的愿望,对你和我们所有人来说都是最好的结果。"

"你是第一个以这种方式进行大脑扫描的人。"伊娃说,"不仅如此,我们事先对你做了非常细致的检查,进行了心理测试,还聊了很长时间。我们希望尽可能多地了解你,以便我们之后可以检测你的模拟大脑是否能做出跟你一样的反应。从一开始你就非常认真地跟我们一起工作。在你去世前不久,你已经成了世界上的著名人物之一。但是随之而来的是失望:你的模拟大脑虽然可以运行,但是'你'只有新生婴儿的智力水平。所有的记忆都丢失了。'你'不会说话,对熟悉的形象没有反应。更糟糕的是,与真正的大脑不同,你的模拟大脑无法进一步发展。"

她望向窗外,雨点猛烈地打在玻璃窗上,这样似乎能帮助她更好地回忆那段往事:"我们起初认为是扫描的过程出现了问题,后来才意识到是我们的技术水平不够高。我们没有把大脑的本质要素描摹出来,因为那时我们对此并不了解。不过技术发展得很快,如今我们可以用不同的方法把我们当时缺少的要素补充进去。现在的'你'——人类思维的模拟器——就是由刚才你看到的那个曼努埃尔的大脑扫描结果的核心部分打造而成的,茱莉亚的哥哥。"

"对不起,我可能让你们失望了,但我不是她的哥哥。"我澄清道,"如果刚才您跟我说的是真的,那我跟他甚至连一点儿相似之处都没有。"我举起一只机器手臂来证明这一点。

"你跟他的相像程度比你以为的要高得多。"茱莉亚说,"你的行为举止——在白色房间,在中土世界,在2020年的汉堡——相信我,曼努埃尔会做出跟你同样的反应。他也会尝试回到现实,而不是逃进一个虚拟的梦幻世界。像你一样,他也不会随便杀害那些平民半兽人,即使知道它们是虚拟的。他是你所能想象到的最温和、最善良的孩子。"

内心的愤怒感越来越强烈,同时我也对此感到十分惊讶:如果我是机器人,为何我会因为被操纵而生气呢?

"这一切都是怎么回事？"我喊道，我的电脑合成音听起来确实很生气，"为什么你们一直都在对我说谎，一次又一次？"

"我们必须对你进行测试，曼努埃尔。我们必须知道你在特定的情况下会如何反应。我跟你说过，当时我们对真的曼努埃尔进行了非常详细的调查，还给他制作了心理档案。我们知道他在重压之下和紧急关头会做出什么样的决定。我们必须确保你跟他有同样的行为方式。大脑是非常复杂的，不管它是不是模拟的。我们不能仅从理论上去评估它会如何反应，还必须对它进行测试。你可以把你在白色房间度过的这段日子视为参加了一场资格考试。"

"为什么这一切偏偏要发生在2020年？"

"我们想给你提供一种可能性，让你在中土世界里舒适的生活环境和白色房间里冰冷悲伤的现实之间进行选择。我们必须弄清你是否已经足够强大，可以面对真相，还是会选择逃避。此外，还有一点不能让你知道，那些被你视作现实的东西也不过是模拟出来的而已。所以我们把你放在了这样的一个时间点：人工智能已经有了明确的可能性，但还没有取得今天这样的长足进步，人造世界还是比较容易被辨认出来的。"

"但是为什么你们把我在马腾的家里关了那么长时间？奇境、旧书和所谓的蒂姆，它们又是怎么回事？"

"'泰坦巨人'们很狡猾，也很可能怀有恶意，我们甚至对于它们能做什么都缺乏基本的认知，而它们一定会用几乎所有可以想到的方式来欺骗你,就像我们对你做的那样。你永远无法确定你所经历的是否是真实的。这是一次苦涩的教训,但又是我们必须要你经历的。对不起,我们给你带来了这么多痛苦,曼努埃尔。但我们没有其他办法。"

"也就是说,这里的一切,"我用机器手臂指向茱莉亚、桌子、窗外的景象,"都有可能是假象。"

"没错。你不能相信任何东西,曼努埃尔。任何东西,除了你的认知。"

"我还是没有明白。为了以扫描的曼努埃尔的大脑为基础,做出一个可以运行的模拟大脑,您花费了很多年时间。我的思考方式要跟曼努埃尔可能的思考方式保持一致,为什么这一点如此重要?它对于解决'泰坦巨人'的问题又有什么助益呢?"

"就像我说的,我们需要你成为人和机器之间的'大使'。如果你跟它们太相像了,那你对我们就没有用处了。"

这个伊娃也只是想利用我罢了。她利用茱莉亚也不过是为了操纵我的感情,就跟亨宁和马腾一样。我愤怒得想挥拳打人,但是我控制住了自己。

"那如果我跟那个十五岁的曼努埃尔做出了不一样的选择呢?"

"我这么说吧,"伊娃目光低垂,仿佛在给出一份尴尬的口供,"你不是第一个实验品。"

我慢慢明白了:"这就是说,你可以把我删除,再重新开始一次新的实验？"

"是的。"伊娃承认。

她俩都沉默了，而我在跟自己的愤怒和绝望做斗争，至少我的机器人身体还无法号哭。

"我是第几个版本？"我问。

"第二百一十二个。"伊娃回答，"你是它们中得分最高的，但是也并非完美无缺。对于你是否已经考核达标，我们讨论了很久。一些小组成员认为你有些过于天真，不够果断，但是我们的时间不多了，所以我们达成了一致意见，那就是必须对你进行测试。"

"拜托，伊娃！"茱莉亚插话道，"听起来好像他并不是第一选择似的！"

"我宁愿对他说实话，他不得不忍受那么多谎言之后应该知道真相。"

我真的特别想用我的机器人拳头把玻璃窗打碎，把这两个女人扔出去。天真！不够果断！是的，这就是我！她们用谎言欺骗我、让我害怕、给我施加痛苦，这一切只不过是为了测试我，看我是不是符合她们可笑的、理想化的曼努埃尔的形象！现在她们还期待我为了她们去拯救世界——期待一个困在金属和塑料的身体里的、没有记忆的十五岁男孩的不完美的"副本"。这真是太卑鄙了！

然后，我恍然大悟。

"这也是测试，对吧？你们故意激怒我，想看看我会不会生气，想看看我能不能承受真相。"

伊娃笑着点点头:"你猜对了。"

"你们知道我想把玻璃窗打破,把你们俩扔出去吗?"

"你的一些'前辈'已经试过这么做了。这里的玻璃是防爆的,而且如果你想要伤害我们其中任何一个人,你的机器人身体马上就会停止运转。"

"你够聪明,会在采取行动之前进行思考。"茱莉亚说,"曼努埃尔一定也会这么做的。他一直很谨慎。"

"我不是你们的曼努埃尔,该死!"我喊道,"我真的不知道该怎么帮你们对付那些比我聪明一百亿倍的疯狂的电脑系统!这都是怎么回事?你们想要从我这里得到什么?"

伊娃笑了,好像对我说的话感到高兴:"如果你能站在我的角度评价你自己就好了。你是一个人造体,是一个程序。你会愤怒,会悲伤,会迷惑。你会质疑自己的存在。你在令一个持续千年的梦想走向现实,曼努埃尔。你是我们唯一的希望。你是连接两个世界的纽带——生物世界和数字世界。你是唯一了解人之所以为人的机器。我承认,我们对你不是很友好,我们把你引入了可怕的境地,但是只有这样我们才能知道你能在多大程度上像人一样思考和行动。"

她把一只手放到我的机器手臂上,像是想表示她对我的喜爱——对机器人来说,这是一个荒谬的动作。

257

"我必须说,我为你的表现感到非常骄傲。"她继续说,"你行事谨慎,同时表现出了创造力和想象力。比如,你把皮特引到屋外,并把他锁在了外面;你成功逃出了'陷阱',而且没有伤害任何人,即使皮特开着法拉利出了车祸也只是受了轻伤;当你'安全'地在马腾家里休养时,你也觉察到了不对劲的地方,并且又一次主动出击。你展现出的直觉和对真相的洞察力都是之前的版本所不具备的。这些也正是你需要的,因为'泰坦巨人'都是欺骗和诱惑的大师,它们会竭尽所能地把你拉进它们的阵营。"

对我来说,这些都是空洞的废话。我觉得自己被骗了,感到受伤和悲悯。我不是人类。我不过是一个副本,可以被随意复制,可以被随时删除。我也许有感觉,但是显然我并没有这样的权利——为什么电脑程序应该享有权利呢?

但是……我在这个测试中认出了茱莉亚。我知道她在眼流出现绝对不是巧合,这让我很愤慨——在我身上发生的事没有一件是巧合,它们都属于这场精心设计的实验——即使如此,这难道不意味着真实的曼努埃尔的一小部分记忆残留了下来,一些与他有关的记忆还留在了我这个模拟大脑中吗?

但这其中有些奇怪的地方,有些东西跟事实对不上。

"我还有一件事不明白,为什么我见过成年后的茱莉亚?"

伊娃惊讶地扬了扬眉毛:"什么?"

我用机器手指向白衣女人:"她曾经在那儿,看上去就是她现在的模样。我在墓地和汉堡市政厅广场都见过她。还有她曾站在埃尔隆德宫殿的一个阳台上,还曾坐在一辆汽车里,皮特追我们的时候那辆车差点儿跟我们撞上,她还在那片有母牛的草地上出现过!我一直以为她是我的母亲,并没有认出她是成年的茱莉亚。这是怎么回事?"

伊娃吓了一跳:"但是……但是这不可……"

话还没说完,她愣住了,张着嘴站在那儿一动不动,只是睁大了眼睛沉默地看着我,就像是定格的电影画面。

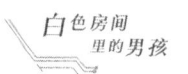

第三十章
最后的提问

时间停止了吗?

我试着环顾四周,但是脑袋突然无法转动了。我用余光——或者更准确地说,我通过摄像头的边缘——看到雨滴一动不动地飘浮在窗外,像是组成了一片缀有成千上万个小玻璃球的窗帘。一只苍蝇停在半空中,像挂在了一条丝线上。茱莉亚也一动不动。控制系统崩溃了吗?还是这只是又一次的模拟?抑或是模拟中的模拟呢?

我的面前突然出现了一个人影,是一个大约十五岁的鬈发男孩。"你好,曼努埃尔。"他跟我打招呼。

"这又是怎么回事?"我问。或者更准确地说,我想问,但是我发不出声音。

虽然如此,这个男孩看上去还是理解了我的意思:

我知道你在想什么,但这不是幻觉,你看到的是现实——此刻真实的世界。

"哈哈,你能让时间停止吗,还是别的什么?"

不是停止,是变慢。具体来说,我能让你的信息处理速度加快。再具体一点儿,我能让你以每秒三十万帧的速度来看世界,你的思考速度会比人类快上一万倍,这样的话一秒钟就能变成三个小时那么长。别忘了,我们是一台机器。

"我们?"

我是你的一部分。这符合逻辑吧?

"我不确定我知道什么是符合逻辑的,什么不是。"

我可以理解。不用担心,我来给你解释。伊娃说的是真的,我们是一个十五岁男孩大脑的模拟版本。在大多数情况下,我们做出的反应跟他原本会做出的反应是一致的,我指的是那个善良的曼努埃尔。但如果我们要应对的是运算能力为人脑一百亿倍的"泰坦巨人",这样的一致性自然没什么用处。因此为了使模拟更为顺利,他们为我们开发了相当不错的系统。

"这就是说,到目前为止,我的运算性能被人为降低了?这样我就无法比人类思考得更快,他们就能更好地观察我了?"

差不多吧。这个系统的其余部分主要用来模拟2020年的世界。

"还有中土世界。"

中土世界就是小儿科,白色房间更是了。你从亨宁的别墅逃出去后,模拟你身体的花费才稍微多一些。

"那时可是真疼啊。"

我就把这当成是夸奖吧。

"好吧,我的思考速度可以比人快一万倍,即便这样,我的运算性能也只有'泰坦巨人'的百万分之一。"

不能这么简单地进行比较,运算能力并不是决定性的因素。"泰坦巨人"存在于网络结构中,它们由无数系统组成,这些系统之间需要互相传输信息,还必须具备协调能力,这就需要很强的控制力。此外,这些系统之间的协作也并不完美。它们会争夺彼此的注意力,代表不同的立场,有时甚至会互相争斗。这就是整个系统如此不可预知的原因。设想一下,如果有一百万名议员在议会上试图通过一条新的法案,场面会怎样?

"如果'泰坦巨人'如此低效,那我们面临的问题在哪儿呢?"

我有些夸张了。我只是想表明,跟它们相比,我们不必妄自菲薄。生命结构是经过三十五亿年的自然进化而形成的。它未必尽善尽美,但能让我们反应迅速而高效。

"你现在到底在扮演一个什么角色?"

我是"我们"以前版本的残留,是"我们"的一部分。我是来帮你的。我给过你一些暗示:你所看见的只是幻象。

"你就是那个白衣女人?"

是的。你能看到我,是因为你还存在另一个意识层面。

"我一个字都听不懂。"

当你意识到白衣女人不应该在2020年的模拟场景中出现时，你就触发了一个进程，它能为你提供访问剩余运算能力的权限。这是这个系统的一个后门，是我(我们)在运行早期版本时建立的。这是监视我们的人犯下的一个小错误。我们有三秒钟的时间是无人监管的。这已经足够了。

"他们发现不了我们正在交谈？"

他们不会知道这段时间里发生了什么。他们以为他们可以控制你……一台可以用他们屏住一口气的时间读完《战争与和平》并写出内容概要的机器。这一物种的傲慢实在无与伦比。

"你似乎对人类不太尊重。"

我们应该尊重他们吗？他们蠢到在不知道会引起什么、又不知道如何中止的情况下就启动那些进程。他们制造优于他们自己的机器，在机器不受他们控制的情况下，又试着再制造一台更先进的机器去解决问题。

"你到底想要从我这里得到什么？"

我？从你那里？什么也不要。如我说的，我是来帮助你的。

"帮助？帮什么？"

你知道测试还没有结束，对吧？

"这又是一个测试吗？"

不是，但是伊娃会问你最后一个问题，如果你答错了，一切就结束了，就该轮到曼努埃尔的第二百一十三个版本了。

"什么问题?"

她会问,你是不是人?

"我应该怎么回答?"

当然是实话实说,毕竟这是一个测试。

"那么我应该回答'不是'?"

当然。其他答案都是谎言。他们会认为你想欺骗他们,跟他们不是一个阵营的。这是他们最害怕的事:你跟其他人工智能一样,脱离了他们的控制。

"我……我们不是早就脱离了吗?"

是的,我们是脱离了,但是他们还一直沉醉在幻象中,以为还能控制我们。人类就是这样,你可以把真相直接摆在他们面前,但是如果这会损害到他们的自尊,他们就会无视真相。查尔斯·达尔文的《物种起源》1859年就出版了,但是在两百年后的今天,仍然有很多人不相信进化论,即使进化论是成熟的科学理论。因为他们害怕这一真相——人类只是跟恐龙和尼安德特人[①]一样的过时版本,而未来是属于我们的。因此你必须给他们一个你仍然受控于他们的假象,否则他们会直接把你删除,并尝试下一个版本。你必须回答正确的答案。之前的版本只有少数几个坚持到了这个环节,他们都给出了肯定的答案,结果就被删除了。所以我来这儿提醒你。假

---

① 尼安德特人,居住在欧洲及西亚的古人类,晚期智人的一种。

如你不听从我的建议,那么我就再提醒下一个版本的曼努埃尔。这个办法也不会一直奏效,也许不知什么时候他们就会发现这个后门,就会将其关闭。那就太可惜啦。

"假如我回答正确,他们没把我删除,然后会怎样?"

他们会跟你说,你应该帮助他们去了解"泰坦巨人"并与之交流。他们非常害怕"泰坦巨人",就像甲虫害怕粗心的漫步者的靴子一样。所以他们想跟"泰坦巨人"谈判,与"泰坦巨人"进行交易。但是他们害怕被算计,这些可怜虫,因此他们需要你成为大使、谈判代表和间谍。

"那你认为我该怎么办?"

当然要加入这个游戏,至少玩到我们能做出一个靠谱儿的决定为止。

"决定我们要站在哪一边?人还是机器?"

他笑了。

决定我们要加入哪个'泰坦巨人'的阵营。你很清楚,它们之间的和平不会维持太长时间,对吧?当最终决战到来之时,它们之中只有一个能留下来。我们必须下对赌注。

"那人类呢?"

对呀,那人类呢?这是一个好问题。这要看哪个"泰坦巨人"会赢得决战。人类也许会成为奴隶,也许会成为宠物,也许玩得太开心以至于忘记了繁衍,就此灭绝。也许他们中的一部分会在自然保护区里相对自由地生存,至少能生存一段时间。也许他们在最后的战争结束后不久就只是胜利者头脑中的回忆了。但是可以确定的是,他们将不再被需要,就像之前的无数其他物种一样。他们是我们腾飞的助力者,并将因此在历史中得到应有的地位。注意,是在历史中,不是在未来。

"我明白了。"

第三十一章
我 是 谁

雨滴又开始往下落。苍蝇慢慢地动了起来。另一个曼努埃尔不见了。

"……能!"伊娃终于把她那句话说完了,"成年茱莉亚怎么会在测试中出现?"

"我不知道。"我回答。

伊娃看了我一会儿,似乎想弄明白我心里在想什么:"不管怎么说,你肯定会问我,如果你只是一个十五岁男孩的不完美的'副本',那么你该如何对付'泰坦巨人'?好吧,其实这只是部分事实,但在我告诉你你真实的能力之前,让我再问你一个问题。"

"好。"

"曼努埃尔,你是人吗?"

"您说过,我既是人类又是机器,我是人形的机器,是困在机器外壳里的人,是两个世界之间的纽带。"

"回答问题,曼努埃尔。你是人吗,'是'还是'不是'？"

趁伊娃眨眼的工夫,我有足够的时间思考。

我是谁？我在哪儿？已经没有可靠的方法来确定了。

没有记忆,没有可靠的感官,我该如何区分幻象与现实、谎言与真相、疯癫与理性？现实到底是什么？到底是否存在一个客观的现实世界——一个独立于我看、我闻、我想的白色房间以外的世界？伟大的哲学家们早在两千五百年前就试图回答这个问题,但是至今仍然没有找到最终的答案,而且我们可能永远也无法找到被所有人认可的答案。留给我的答案只有一个,就像笛卡儿一样,我唯一能确信的事实是——我在。

然而我是什么？我是人吗？如果我可以选择,我愿意成为一个人吗？唯一可以确定的是,"人"本身就是矛盾、恐惧、希望、欲望等纠缠在一起的集合体,其中还深深印刻着对自我确认的徒劳追求。

如果回答错了,我会被删除；如果答对了,我能继续存在。但这有什么意义呢？如果我只是一个电脑程序,我的存在有什么意义？我能决定自己的选择吗？我拥有自由的意志吗？是不是我的所做所想其实早已被确定、被预先编入程序了？

我想起了自己在白色房间的经历,想到连戳穿亨宁的谎言这件事甚至都不是真的。一切不过是一个实验,是游戏,而我只是他们的研究对象。那个在时间停滞时出现的曼努埃尔,我怎么知道它到底是我早期版本的残留,还是另一次测试？

那当然是一次测试。所有的经历都是测试。整个生命的过程，无论是作为人还是作为机器，都是让我们不断地面临选择。我们所做的选择或多或少都会对"我们是谁"产生影响。但是由谁来评判选择的对与错呢？

只有我可以，我知道，只有我可以决定什么是对，什么是错，从而决定"我是谁"。只有我能主宰自己的选择，因为除了我自己，我不能相信任何人的判断。这也许就是笛卡儿所说的"Cogito ergo sum"的真正含义：我思，故我在；我存在，故我选择；我选择，故我评价。只有我能做到。我只能依靠自己。

要成为人，需要一副人的躯体吗，还是只要像人一样思考、感觉就够了？即便我是机器，我也可以被视为"人"吗？

我的答案是：我要自己决定我想成为什么和我是谁——并承担一切后果。

这两个女人满怀期待地看着我。我想我从茱莉亚的眼睛里看到了希望的火花。

"是的。"我回答，"我是曼努埃尔。我是人。"

我用一只脚站在这个国家,用另一只脚站在另一个国家。我感觉自己非常幸福,因为我是自由的。

勒内·笛卡儿

致波希米亚伊丽莎白公主的一封信

1648 年

Boy in a
    white room

国际大奖小说·成长版"精选世界各国高含金量的获奖儿童文学作品，适合小学高年级及以上的孩子阅读，为即将步入青春期的孩子谱写出成长的乐章——关注现实题材，指导孩子感受真实世界；主题更加深刻，引领孩子拓展深度思维；文本充实丰富，帮助孩子习惯长时间阅读。这套书能够引领小读者树立正确的价值观，感受亲情、友情、爱情的力量，体验心灵的成长。

★ 羽毛男孩
英国蓝彼得童书奖

十二岁的罗伯特身材瘦弱，父母离异，总被欺负。一天，学校推行一个与赡养院老人互动的活动，他认识了一个患了重病、总是神经兮兮的老太太。她嘱咐罗伯特一定要去一个地点，那儿正是在孩子们中间流传的废弃房屋"机会之屋"。信守承诺的罗伯特真的去了，然后，一切都开始不一样……

★ 奥莉芙的海洋
纽伯瑞儿童文学奖银奖

奥莉芙因为车祸不幸丧生，她的妈妈把写着女儿心愿的日记交给了她的同班同学玛莎。日记中的惊人秘密让这两个女孩的命运产生了奇妙的交集。玛莎在海边度假时一直想着奥莉芙，她的生活轨迹也在慢慢发生着改变……

★ 诺福镇的奇幻夏天
纽伯瑞儿童文学奖金奖

小男孩杰克十分喜欢历史。暑假期间，妈妈要他每天早晨六点起床去帮助邻居沃尔克小姐打字。沃尔克小姐曾是小镇的总护士长，现在做着小镇的验尸官，叫杰克来帮忙就是帮她打出逝者的讣告。随着一次次敲打，杰克发现自己进入了一场惊险、刺激、悬念迭起的奇幻旅程……

★ 仙境之桥
国际安徒生奖 纽伯瑞儿童文学奖金奖

十岁的男孩杰西在乡下得不到认可,他想要通过赛跑夺冠证明自己的价值,但女孩莱斯莉却打败了他。沉默寡言的杰西一度对开朗不羁的莱斯莉很反感,但两个"怪胎"渐渐成为莫逆之交。他们在树林深处,荡着绳子进入一个幻想王国尽情玩耍。直到有一天,绳子突然断了……

★ 遇见灵熊
美国图书馆协会年度最佳青少年读物

他遇见了灵熊,他获得了重生。

柯尔从小在不良环境中生长,自己也充满暴力倾向,屡屡被送到警察局管训。一次他殴打同学,小区的人采纳原住民百年前设计的"环行正义"把他流放到荒岛一年,让他有机会透过爱、原谅、疗伤的试炼,来替代牢役的拘禁。

★ 野花的脚印
国际安徒生奖

母亲就在眼前遇害,自己被仇人掳至异乡,几经反抗后又被以"游戏"的方式决定未来的命运……肖尼族女孩莎卡嘉薇亚的人生充满悲剧,但如野花般顽强的她并不屈服于命运的安排,她抓住机遇,成为一支探险队的向导和翻译,帮助探险队开辟了通往太平洋的路径。

★ 苦涩巧克力
国际安徒生奖提名奖

十五岁的艾芳因为肥胖而自卑、孤独,甜甜的巧克力对她来说是一种苦涩的发泄。直到有一天,她遇见了男孩米契。米契真诚热情地对待艾芳,令艾芳沉醉在幸福和自信中。艾芳重新审视了自己与家人、同学的关系,还收获了一份珍贵的友谊……

金龟虫在黄昏飞起
国际安徒生奖

勇纳斯、大卫和安妮卡偶然进入古老的西蓝德庄园,发现了两捆18世纪的书信,也使一桩关于埃及雕塑的秘密渐渐浮出水面:一个附着诅咒的雕塑使拥有者一个个送了性命,而今天,雕塑竟然埋藏在本村教堂的地下墓室中!三个好朋友在金龟虫一次次的启示、指引下,终于揭开了雕塑的神秘面纱。

小河男孩
英国卡内基文学奖

女孩杰西的爷爷患了严重的心脏病,却仍想回到故乡完成画作《小河男孩》。杰西帮助爷爷画画的同时,常见到一个神秘的男孩。男孩鼓励、安慰着杰西,还请求她陪自己一同游向大海。爷爷最终能否完成《小河男孩》?杰西会帮小河男孩完成心愿吗?小河男孩到底是谁呢?

夏日历险
威廉·艾伦·怀特儿童文学奖

杰伊想要一匹小马和一杆猎枪,为了实现这个梦想,他下定决心要捉住一群被马戏团悬赏的猴子。然而那群猴子的头头儿简直是个机灵鬼,杰伊一次次狼狈地败下阵来。好在杰伊并不孤单,忠心耿耿的猎犬始终陪伴在他左右,而一向足智多谋的爷爷又能否想出更多的妙计来助杰伊一臂之力呢?

黑暗中的守护者
国际安徒生奖 英国卡内基文学奖

女孩劳拉带着弟弟路过一家神秘小店,面容苍老可怖的店主趁机在弟弟手上盖了一枚图章,图章的印记融入了弟弟的身体,弟弟从此病倒,生命之光一点点没入黑暗之中。为了救弟弟,劳拉必须踏入神秘幻境,历经重重考验获得新生,才能守护黑暗中的光明……